CW01430202

NEIGE EN AVRIL

DANS LA MÊME COLLECTION

Sorrell Ames, *Les Voisins d'en face*
Sarah Lovett, *Témoin dangereux*
Justine Picardie, *L'Année de tous les bonheurs*
Cynthia Victor, *Le Secret*

Rosamunde Pilcher

NEIGE
EN AVRIL

Roman

Traduction de Claude Mallerin

PRESSES
DE LA CITÉ

SERENA

Titre original : *Snow in April*

Le Code de la propriété intellectuelle n'autorisant, aux termes de l'article L. 122-5, 2ᵉ et 3ᵉ a), d'une part, que les « copies ou reproductions strictement réservées à l'usage privé du copiste et non destinées à une utilisation collective » et, d'autre part, que les analyses et les courtes citations dans un but d'exemple et d'illustration, « toute représentation ou reproduction intégrale ou partielle faite sans le consentement de l'auteur ou de ses ayants droit ou ayants cause est illicite » (art L. 122-4).
Cette représentation ou reproduction, par quelque procédé que ce soit, constituerait donc une contrefaçon, sanctionnée par les articles L. 335-2 et suivants du Code de la propriété intellectuelle.

© Rosamunde Pilcher, 1972
© Presses de la Cité, un département de place des éditeurs, 1996 pour la traduction française, et 2006 pour la présente édition
ISBN 2-258-07066-X

1

Allongée dans son bain parfumé, les cheveux
enserrés dans un bonnet, Caroline Cliburn écou-
tait la radio. Comme toutes les autres pièces de
la maison, la salle de bains était grande. C'était
un ancien vestiaire que Diana avait, un jour,
décidé de supprimer. Affirmant que plus personne n'utilisait de vestiaire, ni n'en avait besoin,
elle avait fait venir des plombiers et des menui-
siers, avait fait recouvrir les murs de carreaux de
faïence rose, revêtir le sol d'un épais tapis blanc
et poser aux fenêtres des rideaux de chintz, qui
pendaient jusqu'au sol. Sur une table basse à
dessus de verre étaient disposés des sels de bain,
des magazines et de gros savons en forme d'œuf
sentant la rose. Des roses apparaissaient sur les
serviettes ainsi que sur le tapis de bain, où

s'entassaient le peignoir de Caroline, ses pantoufles, la radio et un livre qu'elle avait commencé à lire puis abandonné.

La radio diffusait une valse. Un-deux-trois, un-deux-trois scandaient les violons en gémissant, évoquant des images de thé dansant, avec des gentilshommes gantés de blanc et des vieilles dames assises sur des chaises dorées, balançant la tête au rythme de la musique.

Caroline pensa : Je vais mettre mon nouvel ensemble. Puis elle se souvint d'avoir perdu l'un des boutons dorés de la veste. Elle pouvait, bien sûr, le chercher et le recoudre. En admettant qu'elle le retrouve, l'opération ne prendrait pas plus de cinq minutes, mais il était plus simple de mettre son caftan turquoise, ou bien encore sa robe de velours noir qui lui donnait, selon Hugh, un air d'Alice au pays des merveilles.

L'eau avait refroidi. Caroline tourna le robinet d'eau chaude avec son orteil et se donna jusqu'à sept heures et demie pour sortir de la baignoire, se sécher, se maquiller et descendre au salon. Elle allait être en retard, mais cela n'avait guère d'importance. Elle les trouverait à l'attendre, rassemblés autour du feu, Hugh dans sa veste de soirée en velours qu'elle n'aimait pas, Shaun sanglé par sa large ceinture indienne. Les Haldane seraient là également, Elaine siroterait son second Martini, et Parker la regarderait, à son habitude, d'une façon suggestive et insistante. Il y aurait aussi les invités d'honneur, les associés canadiens de Shaun, M. et Mme Grimandull, un nom de ce genre. Au bout d'un certain temps, tout ce beau monde s'attrouperait dans la salle à manger autour d'un dîner constitué d'une soupe à la tortue et d'un cassoulet, que Diana avait passé la matinée à concocter, et se terminant par un sensationnel pudding flambé qui serait accueilli avec des oh ! et des ah !, et des « Ma chère Diana, quelle est votre recette ? ».

A la pensée de toute cette nourriture, comme toujours, elle eut la nausée. C'était à n'y rien comprendre. L'indigestion était en principe la prérogative des personnes âgées, des goinfres, ou encore des femmes enceintes, or, à vingt ans, Caroline n'entrait dans aucune de ces catégories. Elle n'allait pas jusqu'à être malade, mais elle ne se sentait jamais très bien. Elle irait peut-être voir le médecin mardi prochain – non, plutôt le mardi de la semaine suivante. Elle s'imagina lui expliquant : « Je vais me marier et j'ai tout le temps des nausées. » Elle le voyait sourire, d'un air paternel et compréhensif. « Nervosité prénuptiale, rien de plus naturel. Je vais vous donner un calmant... »

La valse s'estompa, suivie par le bulletin d'informations de sept heures trente. Caroline s'assit dans la baignoire en soupirant, enleva la bonde pour ne pas succomber à la tentation de prolonger son bain, et sauta à terre. Elle éteignit la radio, s'essuya hâtivement, enfila son peignoir et se dirigea, pieds nus, vers sa chambre, laissant des traces de pas sur le tapis blanc. Elle s'installa à sa coiffeuse, retira le bonnet de bain et observa avec morosité son image, reflétée dans les trois pans du miroir. De longs cheveux raides, d'un blond pâle, encadraient un visage qui n'était pas joli au sens courant du terme, avec des pommettes trop haut placées, un nez court et un peu épais et une large bouche. Elle savait qu'on pouvait la trouver tout aussi belle que laide, et seuls ses yeux sombres légèrement écartés, surmontés de cils fournis, étaient vraiment remarquables, même dans un moment comme celui-ci, où leur éclat était atténué par la fatigue.

Elle pensa à Drennan et à une phrase qu'il lui avait dite, il y a bien longtemps, en lui tenant la tête entre ses mains et en tournant son visage vers lui : « Comment se fait-il que tu aies le sourire d'un garçon et les yeux d'une femme ? » Ils étaient assis dans sa voiture, et dehors il faisait très sombre et pleuvait. Elle avait encore en mémoire le bruit de la pluie, le tic-tac de la montre du tableau de bord, la sensation de ses mains sur son menton, mais comme une scène de film dont elle aurait été la spectatrice et non l'actrice. C'était comme si cela était arrivé à quelqu'un d'autre.

S'arrachant brusquement à sa rêverie, elle attacha ses cheveux avec un élastique et commença à se maquiller. Elle n'avait pas encore fini quand des pas, étouffés par l'épais tapis, retentirent dans le couloir pour s'arrêter devant sa porte. On frappa doucement.

— Oui ?

— Je peux entrer ?

C'était Diana.

— Naturellement.

Sa belle-mère était déjà habillée pour le dîner, toute de blanc et d'or vêtue, ses cheveux d'un blond cendré enroulés en un chignon planté d'une épingle dorée. Mince et grande, elle était, comme toujours, belle et remarquablement soignée de sa personne. Ses yeux bleus ressortaient sur son bronzage entretenu par de nombreuses séances de rayons ultraviolets, ce qui contribuait à la faire passer pour une Scandinave. Et elle avait la même classe en tenue de ski qu'en tenue de soirée, comme elle l'était à présent, dans son ensemble en tweed.

— Caroline, tu n'es pas encore prête !

Celle-ci se mit à faire des gestes compliqués avec sa brosse à mascara.

— Ça ne prendra pas longtemps. Tu connais ma rapidité une fois que j'ai commencé. C'est peut-être la seule chose utile que j'aie apprise aux cours d'art dramatique : l'art de se maquiller en une minute !

Elle regretta aussitôt sa remarque. Ses études de théâtre étaient en effet un sujet tabou, du moins pour Diana, et sa belle-mère prit tout de suite la mouche. Elle dit froidement :

— En ce cas, peut-être que ces deux années ne sont pas entièrement perdues.

Comme Caroline, accablée, restait silencieuse, elle ajouta :

— De toute façon, il n'y a pas le feu. Hugh est là, Shaun lui sert à boire, mais les Lundstrom seront sans doute en retard. Elle m'a téléphoné de Connaught pour me dire que John avait été retenu à une conférence.

— Lundstrom. Je n'arrivais pas à me souvenir de leur nom. Je croyais que c'était Grimandull.

— Tu pourrais faire un effort. Tu ne les as même pas rencontrés.

— Toi, oui ?

— Parfaitement, et je peux te dire que ce sont des gens charmants.

Elle se mit à ranger ostensiblement derrière Caroline, allant et venant dans la chambre, assemblant des paires de chaussures, pliant un chandail, ramassant la serviette de bain humide qui traînait au milieu de la pièce. Puis elle la plia également et la remit dans la salle de bains, où la jeune fille l'entendit rincer le lavabo, ouvrir et refermer la porte de l'armoire de toilette, très probablement pour revisser le couvercle d'un pot de crème.

Haussant la voix, Caroline demanda :

— Diana, que fait M. Lundstrom dans la vie ?

— Il est banquier.

— Est-il associé à la nouvelle affaire de Shaun ?

— Plutôt. Il soutient son projet, et il est ici pour régler les derniers détails.

— Alors, il va falloir nous montrer aimables et bien élevées.

Caroline se leva, fit glisser son peignoir et s'en fut, en tenue d'Eve, chercher ses habits.

— Est-ce pour toi un tel effort ? Caroline, tu es trop maigre. Tu devrais essayer de grossir un peu.

— Je suis très bien comme ça.

Elle prit des sous-vêtements dans le tiroir rempli à ras bord et les enfila.

— C'est ma constitution.

— Tu dis des sottises. On voit tes côtes. Ce que tu manges ne nourrirait pas une mouche. Même Shaun, l'autre jour, l'a remarqué, et tu sais que pourtant il n'est guère observateur.

Caroline passa une paire de collants.

— Je te trouve bien pâle aussi ! Ça m'a frappée en entrant. Il faudrait peut-être que tu prennes du fer.

— Je croyais que ça rendait les dents noires.

— Où as-tu entendu dire ça ?

— Je suis sans doute épuisée par les préparatifs du mariage. Tu te rends compte que j'ai dû écrire cent quarante-trois lettres !

— Ne sois pas ingrate… Au fait, j'ai eu Rose Kintyre au téléphone, et elle m'a demandé ce que tu souhaitais comme cadeau. Je lui ai suggéré ces coupes que tu as vues dans Sloane Street, tu sais, celles avec des initiales gravées. Que vas-tu mettre ce soir ?

Caroline ouvrit sa penderie et en sortit la première robe qu'elle trouva : celle en velours noir.

— Celle-là ? proposa-t-elle.

— Oui. J'adore cette robe. Mais il te faudrait des bas noirs.

Caroline remit la robe en place et prit la suivante.

— Alors, ça ?

Elle était heureusement tombée sur le caftan, et non sur l'ensemble auquel il manquait un bouton.

— Voilà qui sera parfait avec des boucles d'oreilles en or.

— J'ai perdu les miennes.

— Oh non, pas celles que t'a données Hugh !

— Rassure-toi, elles sont seulement égarées. Je les ai rangées quelque part, mais je ne me souviens pas où.

Elle caressa la soie, douce comme le duvet d'un chardon.

— De toute façon, les boucles d'oreilles ne se

voient pas sur moi, à moins que je ne sois spécialement coiffée.

Elle s'attaqua aux minuscules boutons en demandant :

— Où mange Jody ?

— Avec Katy, en bas. Je lui ai dit qu'il pouvait dîner avec nous, mais il préfère regarder le western à la télévision chez elle.

Caroline détacha ses cheveux et les brossa.

— Il y est en ce moment ?

— J'imagine.

Prenant la première bouteille de parfum qui lui tombait sous la main, Caroline s'en aspergea.

— Si tu n'y vois pas d'inconvénient, je vais d'abord passer lui souhaiter bonne nuit.

— Ne tarde pas trop. Les Lundstrom seront là dans dix minutes environ.

— Je n'en aurai pas pour longtemps.

Elles descendirent ensemble. Comme elles arrivaient dans l'entrée, la porte du salon s'ouvrit et Shaun Carpenter en sortit, portant un seau à glace rouge en forme de pomme dont la queue dorée formait la poignée du couvercle. Il leva les yeux et les aperçut.

— Je vais chercher de la glace, expliqua-t-il.

Puis il s'arrêta au milieu du hall, comme détourné de son but par leur apparition, et les regarda descendre les dernières marches.

— Vous êtes vraiment superbes, toutes les deux !

Shaun était le mari de Diana, et Caroline utilisait divers noms pour parler de lui. Elle l'appelait parfois « le mari de ma belle-mère », ou « mon beau beau-père », ou encore « Shaun », tout simplement.

Diana et lui étaient mariés depuis trois ans, mais, comme il aimait le raconter, il était amoureux d'elle depuis bien plus longtemps.

« Je l'ai connue autrefois, disait-il. Je croyais que c'était du tout cuit, quand elle partit brusquement dans les îles grecques pour acheter une propriété ; et lorsqu'elle me donna enfin de ses nouvelles, ce fut pour m'apprendre sa rencontre et son futur mariage avec cet architecte, Gerald Cliburn, un parfait bohémien sans un sou avec déjà des enfants ! Je n'en revenais pas. »

Il n'avait jamais oublié Diana, cependant, et, ayant toujours été heureux en affaires, il avait mené avec un égal succès une carrière de célibataire professionnel ; l'homme mûr et raffiné qu'il était devenu, très demandé par les hôtesses à Londres, avait la réputation d'avoir un agenda toujours rempli plusieurs mois à l'avance.

Sa vie était si bien organisée et agréable que, lorsque Diana Cliburn, veuve, avec à sa charge les deux enfants de son mari décédé, retourna à Londres, réintégrant son ancienne maison pour recommencer sa vie à zéro, les gens se livrèrent à des spéculations. Qu'allait faire Shaun Carpenter ? Etait-il trop ancré dans ses confortables habitudes de célibataire pour envisager une autre existence ? Ou bien allait-il – malgré la façon dont Diana s'était comportée avec lui – renoncer à son indépendance pour mener, avec elle, une banale vie de famille ? Les rumeurs penchaient pour la première hypothèse. Mais c'était sans tenir compte des appas de Diana.

A son retour d'Aphros, Diana était en effet plus belle et plus désirable que jamais. Elle avait trente-deux ans et était à l'apogée de son charme, auquel Shaun, après avoir renoué prudemment avec elle des liens d'amitié, ne tarda pas à succomber. Au bout d'une semaine, il lui demanda de l'épouser et lui renouvela sa demande tous les sept jours jusqu'à ce qu'elle accepte.

Elle le pria d'annoncer lui-même la nouvelle à Caroline et Jody.

« Je ne peux pas être un père pour vous, leur dit-il, en faisant les cent pas sur le tapis du salon et en rougissant presque sous leurs regards clairs et scrutateurs. C'est un rôle que j'ignore. Mais sachez en revanche que vous pouvez me considérer comme un ami et même, le cas échéant, faire appel à moi pour des questions d'argent… après tout, c'est votre maison… et je voudrais que vous sentiez… »

Il continua en bredouillant, maudissant Diana de l'avoir mis dans cette situation embarrassante. Il aurait préféré voir ses rapports avec Caroline et Jody évoluer lentement et naturellement. Mais, d'une nature impatiente, Diana n'aimait pas voir les choses traîner, et elle voulait que tout fût immédiatement réglé.

Jody et Caroline dévisageaient Shaun avec sympathie, sans rien faire, toutefois, pour l'aider. Ils aimaient bien Shaun, mais, avec la lucidité propre à la jeunesse, ils n'ignoraient pas que Diana pouvait déjà en faire ce qu'elle voulait. Il leur disait qu'ils se trouvaient chez eux à Milton Gardens, alors que la seule maison qu'ils considéraient vraiment comme la leur était ce cube blanc, semblable à un bloc de sucre, perché au-dessus de l'étendue bleu marine de la mer Egée. Mais elle s'était évanouie, sans laisser de trace, dans la confusion du passé. Les décisions actuelles de Diana, son choix d'un nouveau mari, ne les regardaient pas. Mais si elle devait épouser quelqu'un, ils étaient heureux que ce soit le généreux et corpulent Shaun Carpenter.

Il s'écarta pour laisser passer Caroline, courtois et guindé, légèrement ridicule avec son seau à glace qui avait l'air d'une offrande dans ses mains. Il sentait le Brut et le linge frais, et Caroline se souvint de la barbe de plusieurs jours de son père et des bleus de travail qu'il enfilait sans même un coup de fer. Elle se souvint également des disputes et des discussions enflammées qui l'opposaient à Diana, et dont son père sortait presque toujours vainqueur. Elle n'arrivait pas à croire qu'une seule et même femme puisse épouser deux hommes aussi différents.

Le sous-sol était le domaine de Katy, et, en y descendant, on avait l'impression de changer d'univers. Tandis qu'en haut le ton général était donné par les tapis pastel, les lustres et les lourds rideaux de velours, en bas régnaient un désordre charmant et une atmosphère chaleureuse. Un linoléum à carreaux côtoyait des tapis aux couleurs vives, des motifs en zigzag égayaient les rideaux, et la moindre surface horizontale était couverte de photos, de cendriers en porcelaine provenant de stations balnéaires inconnues, de coquillages peints et de vases contenant des fleurs en plastique. Un bon feu brûlait dans la cheminée, devant laquelle était assis, recroquevillé dans un fauteuil avachi, les yeux braqués sur l'écran de télévision, Jody, le frère de Caroline. Il portait un jean, un pull-over à col roulé, des bottillons dans un état déplorable et, allez savoir pourquoi, une vieille casquette de marin, beaucoup trop grande pour lui. Son regard se posa sur sa sœur, puis retourna se fixer sur l'écran. Il ne voulait pas rater une seconde du film.

Caroline le poussa un peu et s'assit dans le fauteuil à côté de lui. Au bout de quelques instants, elle demanda :

— C'est qui, la fille ?

— Oh, c'est le genre de fille stupide qui embrasse tout le temps.

— Eteins, alors.

Il réfléchit et, jugeant que c'était sans doute une bonne idée, s'extirpa du fauteuil et appuya sur le bouton du poste, qui s'éteignit avec un léger gémissement. Debout sur le tapis du foyer, Jody regarda enfin Caroline.

Il avait onze ans, un âge heureux entre la petite enfance et la période ingrate de l'adolescence. Les traits de son visage ressemblaient tellement à ceux de Caroline que les gens qui les voyaient pour la première fois devinaient tout de suite qu'ils étaient frère et sœur, mais, alors que Caroline était blonde, Jody avait des cheveux bruns à reflets acajou, et s'ils avaient tous les deux des taches de rousseur, celles de Caroline étaient autour de son nez, tandis que celles de Jody s'étalaient sur tout son corps, parsemant son dos, ses épaules et ses bras comme des confettis. Ses yeux étaient gris, et lorsque son sourire, long à s'épanouir, éclairait son visage, il était désarmant et laissait apparaître une dent trop grande et légèrement de travers, qui semblait avoir été poussée par ses voisines cherchant à se faire de la place.

— Où est Katy ? demanda Caroline.

— En haut, dans la cuisine.

— Tu as dîné ?

— Oui.

— Tu as eu droit au même menu que nous ?

— J'ai mangé un peu de soupe. Je ne voulais pas du reste, et Katy m'a fait des œufs au bacon.

— J'aurais préféré manger avec toi. Tu as vu Shaun et Hugh ?

— Oui. Je suis monté au salon.

Il fit une grimace.

— Tu n'as pas de chance : les Haldane viennent.

Ils échangèrent un sourire complice. Ils avaient la même opinion au sujet des Haldane.

— Où as-tu trouvé cette casquette ? demanda Caroline.

Il l'avait oubliée. Il l'enleva, l'air honteux.

— Dans le coffre de la nursery.

— C'était à papa.

— C'est ce qu'il me semblait.

Caroline se pencha et lui prit la casquette. Elle était sale et fripée, pleine de taches de sel, et l'insigne qui y était cousu commençait à se détacher.

— Il avait l'habitude de la porter quand il faisait de la voile. Il disait qu'une tenue correcte lui donnait une plus grande confiance en lui, si bien que lorsqu'on lui faisait des remarques désobligeantes, il répondait par des injures.

Jody sourit.

— Tu te souviens de l'avoir entendu tenir de tels propos ? demanda Caroline.

— Vaguement. Je me souviens surtout qu'il lisait *Rikki-Tikki-Tavi.*

— Tu as bonne mémoire. Tu avais tout juste six ans.

Il sourit à nouveau. Caroline se leva et lui remit la casquette sur la tête. La visière lui masquait le visage, aussi dut-elle se baisser pour l'embrasser.

— Bonne nuit.

— Bonne nuit, répondit Jody sans bouger.

Elle serait volontiers restée avec lui. Arrivée au pied de l'escalier, elle se retourna. Il la regardait fixement par-dessous la visière de sa ridicule casquette, avec une expression si étrange que Caroline demanda :

— Qu'est-ce qu'il y a ?

— Rien.

— Alors, à demain.

— Oui, à demain, répondit Jody. Bonne nuit.

En remontant, elle trouva la porte du salon fermée, entendit le bourdonnement des voix à l'intérieur et vit Katy qui pendait un manteau de fourrure sur un cintre pour le ranger dans le placard de l'entrée. Vêtue d'une robe marron et d'un tablier à fleurs, seule concession de sa part à la mondanité, Katy sursauta en apercevant Caroline.

— Oh, vous m'avez fait peur !

— Qui vient d'arriver ?

— M. et Mme Haldane. Ils sont au salon. Vous feriez mieux de vous dépêcher, vous êtes en retard.

— J'étais avec Jody.

Réticente à entrer dans le salon, elle tint compagnie à Katy, appuyée à la rampe d'escalier, pensant que ce serait merveilleux de pouvoir remonter dans sa chambre et se faire apporter un œuf dur au lit.

— Il regarde encore ces films d'Indiens ?

— Je ne crois pas. Il m'a dit qu'il y avait trop de baisers.

Katy fit la moue.

— Si vous voulez mon avis, mieux vaut les films où l'on s'embrasse beaucoup que les films pleins de violence.

Elle referma la porte du placard.

— Je préfère les voir se poser des questions sur la chose plutôt que frapper les vieilles dames avec leurs parapluies.

Sur cette sage parole, elle retourna dans la cuisine. Demeurée seule, Caroline, n'ayant plus d'excuse, traversa l'entrée, plaqua un sourire sur son visage et ouvrit la porte du salon. Comment faire une entrée était une autre chose qu'elle avait apprise aux cours d'art dramatique. Le brouhaha cessa et quelqu'un dit : « Voilà Caroline. »

Le salon de Diana, éclairé pour un soir de réception, ressemblait à un décor de théâtre. Les trois longues fenêtres qui donnaient sur le square tranquille étaient drapées d'un pâle velours vert amande. L'on pouvait voir dans la pièce d'immenses et moelleux canapés rose et beige, un tapis, beige aussi, et, en parfaite harmonie avec les vieux tableaux, des meubles en noyer et des Chippendale, une table basse italienne, d'un style moderne, en verre et acier. Il y avait des fleurs partout et l'air était imprégné d'une diversité de parfums suaves et coûteux, où se mêlaient jacinthe, havane et Eau de Rochas.

Ils se tenaient, comme elle les avait imaginés, autour du feu, sirotant leur boisson. Avant même qu'elle n'eût refermé la porte derrière elle, Hugh s'était détaché du groupe pour venir à sa rencontre.

— Ma chérie.

Ayant posé son verre, il la prit par les épaules et se pencha pour l'embrasser. Il jeta un regard à son mince bracelet-montre, dont l'or s'harmonisait à celui de ses boutons de manchette, et ajouta :

— Tu es en retard.

— Mais les Lundstrom ne sont pas encore arrivés.

— Où étais-tu ?

— Avec Jody.

— Alors, tu es pardonnée.

Mince et basané, il était grand, bien plus grand que Caroline, avec un début de calvitie qui le faisait paraître plus que ses trente-trois ans. Il portait une veste en velours bleu nuit et une chemise blanche agrémentée de bandes de dentelle brodée, et derrière des sourcils fortement marqués ses yeux, d'un marron très foncé, exprimaient tout à la fois un amusement contenu, de l'exaspération et une certaine fierté.

Lisant ce sentiment dans son regard, Caroline

27

fut soulagée. Hugh Rashley avait un certain nombre de principes et la jeune fille avait souvent l'impression qu'ils n'étaient pas sur la même longueur d'onde. A part cela, Hugh, en tant que futur mari, était un excellent parti, réussissant dans sa carrière d'agent de change, merveilleusement attentionné et prévenant, parfois à l'excès tant il cherchait la perfection. Mais, venant du frère de Diana, cela ne la surprenait guère, ce trait étant caractéristique de la famille.

Parker Haldane était irrésistiblement attiré par les jeunes et jolies femmes, dont Caroline faisait partie, ce qui expliquait le comportement généralement froid d'Elaine Haldane à son égard. Cela n'inquiétait pas Caroline outre mesure, pour la bonne raison qu'elle voyait rarement Elaine. Les Haldane vivaient en effet à Paris, où Parker avait la charge de la branche française d'une grande agence de publicité américaine, et ils ne venaient à Londres que tous les deux ou trois mois pour des événements importants, comme, dans le cas présent, le dîner organisé par Diana.

D'autre part, Caroline n'aimait pas particulièrement Elaine, ce que regrettait Diana, Elaine étant l'une de ses meilleures amies.

« Pourquoi as-tu une attitude aussi cavalière avec Elaine ? » lui demandait-elle souvent, et Caroline avait pris l'habitude de répondre en haussant les épaules : « Je suis désolée », toute explication ne pouvant qu'aggraver les choses.

Belle et distinguée, Elaine avait tendance à s'habiller avec un excès de recherche, que la vie à Paris n'avait qu'accentué. Elle pouvait être très amusante, mais Caroline avait appris, à ses dépens, que ses mots d'esprit contenaient des traits acérés visant souvent des amis et des relations absents. On ne savait jamais sur quel pied danser avec elle.

Parker était beaucoup moins dangereux.

— Ah, vous voilà enfin, belle créature ! dit-il en baisant la main de Caroline.

Elle s'attendait presque à le voir claquer les talons.

— Pourquoi faut-il toujours que vous nous fassiez attendre ?

— Je suis allée souhaiter bonne nuit à Jody.

Elle se tourna vers sa femme.

— Bonsoir, Elaine.

29

Elles se penchèrent l'une vers l'autre en simulant un bruit de baiser.

— Bonsoir, ma chère. Quelle jolie robe !

— Merci.

— Ce genre de vêtement est si facile à porter.

Elle tira sur sa cigarette et exhala un gros nuage de fumée.

— Je parlais à Diana d'Elizabeth.

Malgré son irritation, Caroline demanda poliment :

— Et que disiez-vous donc ?

Elle s'attendait à apprendre soit qu'Elizabeth venait de se fiancer, soit qu'elle était en visite chez l'Agha Khan, soit encore qu'elle se trouvait à New York à poser pour *Vogue*. Elizabeth, la fille d'Elaine, née d'un précédent mariage, était un peu plus âgée que Caroline. Bien qu'ayant l'impression d'en savoir pour ainsi dire plus sur Elizabeth que sur elle-même, Caroline ne l'avait jamais rencontrée. La jeune fille partageait son temps entre sa mère, à Paris, et son père, en Ecosse – et les rares fois où elle venait à Londres, Caroline était toujours absente.

Celle-ci essaya de rassembler ses souvenirs.

— N'était-elle pas aux Antilles dernièrement ?

— Si, ma chère. Elle logeait chez une ancienne

camarade d'école. Elle a passé là-bas d'excellents moments. Elle est rentrée il y a quelques jours, malheureusement pour apprendre l'affreuse nouvelle. Son père l'attendait à l'aéroport de Prestwick pour la lui annoncer.

— Quelle nouvelle ?

— Eh bien, il y a dix ans, quand Duncan et moi étions encore ensemble, nous avons acheté cette maison en Ecosse... du moins c'est Duncan qui l'a achetée, malgré une violente opposition de ma part... Pour notre couple, ce fut la goutte d'eau qui fit déborder le vase.

Elle s'arrêta, paraissant avoir perdu le fil.

— Elizabeth, lui souffla gentiment Caroline.

— Ah oui. Eh bien, Elizabeth s'est empressée de se lier d'amitié avec deux garçons habitant la propriété voisine... enfin, ce n'étaient plus des gosses, mais presque des adultes quand nous avons fait leur connaissance. Bref, ils ont pris Elizabeth sous leur aile, s'occupant d'elle comme d'une petite sœur. En un rien de temps elle avait ses entrées dans leur maison, comme si elle y avait toujours vécu. Ils l'adoraient, tout spécialement l'aîné. Eh bien, ma chère, juste avant son retour, ce garçon a trouvé la mort dans un terrible accident de voiture. La route

31

était glacée, et la voiture est allée droit dans un mur de pierre.

Caroline fut sincèrement bouleversée.

— Oh, mon Dieu, c'est horrible !

— Oui, c'est horrible. Il n'avait que vingt-huit ans. C'était un fermier merveilleux, un chasseur sans pareil et un homme adorable. Vous pouvez imaginer le choc que cela a pu être pour ma pauvre chérie. Elle m'a téléphoné en larmes, et j'ai insisté pour qu'elle nous rejoigne à Londres, pensant que nous pourrions lui remonter le moral, mais elle m'a dit qu'elle avait besoin de rester là-bas…

— Je suis sûre que son père sera heureux de l'avoir…

Parker choisit ce moment-là pour s'approcher de Caroline et lui tendre un verre de Martini si froid qu'elle en eut presque les doigts gelés.

— Qui attendons-nous ? demanda-t-il.

— Les Lundstrom. Ils sont canadiens. Il est banquier à Montréal, et associé au nouveau projet de Shaun.

— Est-ce que cela signifie que Diana et Shaun vont aller vivre à Montréal ? demanda Elaine. Mais qu'allons-nous devenir sans eux ? Diana, comment pourrais-je me passer de toi ?

— Combien de temps seront-ils partis ? demanda Parker à Caroline.

— Trois, quatre ans. Peut-être moins. Ils partiront le plus tôt possible après mon mariage.

— Et cette maison ? Allez-vous y vivre avec Hugh ?

— Oh non ! Elle est bien trop grande, et de toute manière Hugh a un appartement qui nous conviendra parfaitement. Diana pense qu'elle pourrait peut-être la louer si elle trouvait un locataire digne de confiance, mais quoi qu'il en soit, Katy continuera à habiter au sous-sol, faisant office de gardienne.

— Et Jody ?

Caroline regarda Parker, puis son verre.

— Jody part avec eux. Pour vivre là-bas.

— Cela vous ennuie ?

— Oui. Mais Diana veut l'emmener.

De toute manière, Hugh ne voulait pas qu'on lui colle sur les bras un petit garçon, songeait Caroline. En tout cas pas maintenant. Il n'en était pas question. Peut-être dans quelques années, mais ce ne serait plus alors un petit garçon de onze ans. Et puis Diana avait déjà inscrit Jody dans une école privée, et Shaun avait annoncé qu'il lui apprendrait le ski et le hockey.

Parker l'observait. Elle eut un sourire désabusé.

— Vous connaissez Diana. Elle fait des projets, et hop ! ils se réalisent.

— Il va vous manquer, n'est-ce pas ?

— Oui, bien sûr.

Les Lundstrom arrivèrent enfin. Les présentations terminées, on leur servit à boire et on les mêla à la conversation. Sous prétexte de chercher une cigarette, Caroline s'écarta pour les observer, leur trouvant un air de ressemblance, comme en ont souvent les gens mariés. Ils étaient tous les deux grands et maigres, d'allure sportive. Elle les imagina jouant au golf ensemble les week-ends, ou bien faisant de la voile – sans doute aimaient-ils participer à des régates pendant l'été. Mme Lundstrom portait une robe toute simple, des diamants sensationnels, et le costume de M. Lundstrom était d'une couleur terne, comme l'affectionnent souvent les hommes désireux de voiler une réussite éclatante.

Soudain elle se dit que ce serait merveilleux – une véritable bouffée d'air frais – de voir entrer dans cette maison un pauvre, un raté, un individu sans scrupules, ou même un ivrogne. Un peintre famélique dans sa mansarde, un écrivain maudit ou bien encore un pilleur d'épaves plein d'entrain, avec une barbe de trois jours et un ventre débordant de son pantalon. Elle pensa aux amis de son père, des individus généralement peu recommandables, qui buvaient du vin rouge ou du résiné jusqu'à une heure avancée de la nuit, dormaient là où ils se trouvaient, sur le canapé avachi ou sur la terrasse. Elle pensa à leur maison d'Aphros, où la lumière de la lune dessinait une sorte de damier de taches blanches et noires, avec toujours le bruit de la mer en arrière-fond.

— Nous allons passer à table.

Elle prit conscience que c'était la deuxième fois que Hugh la prévenait.

— Tu es encore en train de rêver, Caroline. Finis ton verre et viens donc manger.

A table, elle se trouva placée entre John Lundstrom et Shaun. Shaun servait le vin, aussi engagea-t-elle la conversation avec M. Lundstrom.

— C'est la première fois que vous venez en Angleterre ?

— Pas du tout. J'y ai déjà fait plusieurs séjours.

Il redressa son couteau et sa fourchette, et
fronça légèrement les sourcils.

— Excusez-moi, mais je ne suis pas sûr
d'avoir compris vos liens de parenté. Vous êtes
bien la belle-fille de Diana ?

— Oui. Et je vais épouser Hugh, qui est son
frère. La plupart des gens ont l'air de penser
que c'est illégal, mais ils se trompent.

— Je n'ai jamais pensé cela un seul instant.
C'est une solution commode qui permet aux
gens bien de rester dans la même famille.

— N'est-ce pas une conception du mariage
un peu étroite ?

Il leva les yeux et sourit. Il paraissait plus
jeune, plus gai et moins riche lorsqu'il souriait.
Plus humain. Sa chaleur gagna Caroline.

— Je dirais plutôt pratique. Quand vous
mariez-vous ?

— Mardi en huit. J'ai du mal à le croire.

— Et vous irez voir Shaun et Diana, à Montréal ?

— Nous en avons l'intention, mais pas tout
de suite.

— Et ce petit garçon...

— Oui, Jody, mon frère.

— Il part avec eux ?

36

Neige en avril

— Oui.
— Il sera au Canada comme un poisson dans l'eau. C'est un endroit merveilleux pour un enfant.
— Oui, répéta Caroline.
— Et vous n'êtes que deux enfants ?
— Oh non. Il y a Angus.
— Un autre frère ?
— Oui. Il va avoir vingt-cinq ans.
— Et que fait-il ?
— Nous n'en savons rien.
— Vous n'en savez rien ?
John Lundstrom la regarda d'un air surpris.
— C'est la stricte vérité. Nous ne savons ni ce qu'il fait ni où il est. Voyez-vous, nous habitions autrefois à Aphros, une île de la mer Egée. Mon père était architecte, il servait d'agent aux personnes désirant acheter un terrain et faire construire là-bas. C'est ainsi qu'il a rencontré Diana.
— Je comprends mieux. Vous voulez dire que Diana est allée à Aphros pour acheter un terrain ?
— C'est exact. Et pour s'y faire construire une maison. Mais elle n'a fait ni l'un ni l'autre. Elle a rencontré mon père, l'a épousé et est

37

venue vivre avec nous dans notre maison
d'Aphros.

— Vous êtes pourtant revenus à Londres ?

— A la mort de mon père, Diana nous a
ramenés avec elle. Mais Angus n'a pas voulu
nous suivre. Il avait alors dix-neuf ans, des
cheveux jusqu'aux épaules, et même pas une
paire de chaussures à lui. Il a refusé la proposition que lui faisait alors Diana de rester dans
la maison d'Aphros, en lui déclarant qu'elle
pouvait tout aussi bien la vendre, puisqu'il
venait de s'acheter une Mini Moke d'occasion
avec laquelle il avait l'intention de se rendre en
Inde en passant par l'Afghanistan. Diana lui a
demandé ce qu'il comptait faire là-bas, et
Angus lui a répondu : « Me trouver. »

— Il y en a des milliers comme lui. Vous ne
l'ignorez pas, je suppose ?

— Ce n'est pas une consolation.

— Vous ne l'avez jamais revu ?

— Si. Il est revenu peu de temps après le
mariage de Diana et de Shaun, mais vous savez
ce qu'il en est. Nous pensions qu'il aurait au
moins une paire de chaussures à se mettre, or il
n'avait pas le moins du monde changé, et tout
ce que lui suggérait Diana ne faisait que le bra-

quer davantage, aussi a-t-il fini par retourner en Afghanistan, et, depuis, nous n'avons plus eu de nouvelles de lui.

— Plus aucune nouvelle ?

— Si. Une fois. Une carte postale de Kaboul, à moins que ce ne soit de Srinagar ou de Téhéran, je ne me souviens plus très bien.

Elle sourit, cherchant à dédramatiser les choses par une plaisanterie, mais elle n'en eut pas l'occasion, et M. Lundstrom n'eut pas non plus celle de lui répondre, car déjà Katy se penchait par-dessus son épaule pour placer devant lui un bol de soupe à la tortue. Sa conversation avec Caroline se trouvant interrompue, il se tourna vers Elaine.

La soirée se poursuivit, guindée, sans la moindre surprise, et Caroline s'y ennuya. Après le café et le cognac, tout le monde passa au salon, les hommes causant affaires dans un coin de la pièce, les femmes bavardant autour du feu, parlant du Canada et admirant la tapisserie à laquelle Diana travaillait actuellement.

Au bout d'un moment, Hugh se détacha du groupe des hommes, en apparence pour remplir le verre de John Lundstrom. Mais, tout de suite

Neige en avril

après, il rejoignit Caroline, s'assit sur le bras de son fauteuil et demanda :

— Comment vas-tu ?

— Pourquoi cette question ?

— Te sens-tu suffisamment en forme pour aller à l'Arabella ?

Elle le regarda. Enfoncée comme elle l'était dans son fauteuil, elle voyait son visage presque à l'envers. C'était une impression étrange.

— Quelle heure est-il ?

Il jeta un coup d'œil à sa montre.

— Onze heures. Tu es peut-être trop fatiguée ?

Avant qu'elle ait pu répondre, Diana, qui avait entendu leur conversation, leva les yeux de sa tapisserie pour intervenir :

— Allez-vous-en, tous les deux.

— Où vont-ils ? demanda Elaine.

— A l'Arabella. C'est un petit club dont Hugh est membre.

— Un club, comme c'est fascinant !

Elaine sourit à Hugh, d'un air de connivence, comme si elle savait tout des night-clubs fascinants. Hugh et Caroline présentèrent leurs excuses à la compagnie et prirent congé. Caroline monta chercher son manteau dans sa chambre, où elle s'arrêta pour se brosser les cheveux. S'apprêtant à redescendre, elle s'immobilisa devant la porte de Jody. La lumière était éteinte ; n'entendant aucun bruit, elle décida de ne pas le déranger et s'en fut retrouver Hugh qui l'attendait dans l'entrée. Il lui ouvrit la porte et ils sortirent dans la nuit, qui était douce et venteuse. Ils marchèrent jusqu'à l'endroit où la voiture de Hugh était garée et, après avoir fait le tour de la place, roulèrent en direction de Kensington High Street. Elle aperçut le croissant de la nouvelle lune, en travers duquel le vent poussait des lambeaux de nuages. Les arbres du parc agitaient leurs branches dénudées, les lumières orange de la ville se réverbéraient dans le ciel, et Caroline baissa la vitre, laissant l'air frais souffler dans ses cheveux. C'était une nuit qui lui faisait regretter de ne pas être à la campagne, une nuit faite pour marcher dans l'obscurité, sur les routes sombres, avec le murmure du vent dans les arbres, et seulement la lune, apparaissant de façon intermittente, pour montrer le chemin.

Elle soupira.

— Pourquoi ? questionna Hugh.

— Pourquoi quoi ?

41

— Pourquoi ce soupir ? Qu'y a-t-il de si tragique ?

— Rien.

— Est-ce que tout va bien ? demanda à nouveau Hugh au bout d'un instant. Quelque
chose te préoccupe ?

— Non.

Après tout, elle n'avait pas de raison d'être
préoccupée, et pourtant tout était pour elle
sujet d'inquiétude, ses nausées entre autres. Elle
ne savait pas pourquoi il lui était impossible
d'en discuter avec Hugh. Peut-être parce que
c'était un homme dynamique, actif, qui débordait d'énergie sans jamais être fatigué. Il était
ennuyeux d'avoir des problèmes de santé, et
doublement pénible d'en parler.

Hugh finit par rompre le silence qui s'était
installé entre eux.

— Les Lundstrom sont charmants, dit-il,
arrêté à un feu rouge, attendant qu'il passe au
vert.

— En effet. J'ai parlé à M. Lundstrom
d'Angus et il m'a écoutée avec intérêt.

— Cela a l'air de t'étonner. Comment
t'attendais-tu à le voir réagir ?

— Comme tout le monde. Je pensais qu'il

42

aurait l'air choqué, horrifié et ravi à la fois, ou qu'il changerait de sujet. Diana déteste parler d'Angus. Sans doute parce qu'il est l'un de ses échecs. Son seul échec, se reprit-elle.

— Tu fais allusion au refus d'Angus de revenir à Londres avec vous tous ?

— Oui, et aussi à son refus de se lancer dans des études de comptabilité ou dans je ne sais quelle carrière qu'elle projetait pour lui. Il faut avouer qu'il n'en a fait qu'à sa tête.

— Au risque de me voir accuser de prendre le parti de Diana, je te dirai que tu t'es conduite de la même manière. En dépit de son opposition, tu es entrée au Conservatoire et tu as même trouvé un emploi...

— Je ne l'ai gardé que six mois.

— Parce que tu es tombée malade. Ce n'est tout de même pas ta faute si tu as attrapé une pneumonie.

— Non. Mais je me suis rétablie et, si j'avais eu plus de caractère, j'aurais continué. Mais je me suis dégonflée. Diana m'a toujours dit que je manquais de persévérance, et elle a fini par avoir raison. La seule chose qu'elle m'ait épargnée, c'est le « Je te l'avais bien dit ».

— Mais si tu faisais toujours du théâtre, dit

doucement Hugh, tu ne m'épouserais probablement pas.

Caroline lui jeta un regard. Les lumières des réverbères et du tableau de bord conféraient à son visage une apparence étrange, un air sombre, presque inquiétant.

— Je suppose que non.

Mais les choses n'étaient pas aussi simples. Les nombreuses raisons pour lesquelles elle épousait Hugh étaient si étroitement liées qu'il était difficile de les dissocier. La gratitude semblait le motif le plus important. Hugh était entré dans sa vie à son retour d'Aphros avec Diana, alors qu'elle n'était encore qu'une adolescente filiforme de quinze ans. Maussade et silencieuse comme elle l'était alors, enfermée dans son malheur, elle n'en avait pas moins été sensible aux qualités de Hugh, qu'elle avait vu s'occuper de tout, des bagages, des passeports et d'un Jody fatigué et en larmes. C'était le genre d'homme dont elle avait toujours eu besoin, mais qu'elle n'avait jamais eu l'occasion de connaître. Elle aimait qu'il lui donne des directives et l'entoure de son attention, et son attitude protectrice – plutôt avunculaire que paternelle – avait persisté pendant toute la durée de sa difficile adolescence.

Le rôle de Diana n'avait pas été non plus négligeable. Elle avait toujours paru penser que Hugh et Caroline étaient parfaitement assortis. Et les lier par le mariage satisfaisait son sens de l'ordre. Sans le faire trop ostensiblement, car elle était trop subtile pour cela, elle les avait poussés l'un vers l'autre. « Hugh peut te conduire à la gare. » « Chérie, seras-tu là ce soir, Hugh vient dîner… »

Mais cette pression incessante aurait été sans effet si Caroline n'avait eu cette liaison avec Drennan Colefield. Après un tel amour, Caroline avait eu le sentiment que plus rien ne serait jamais pareil. Et quand tout avait été fini avec Drennan, quand, ayant séché ses larmes, elle avait pu regarder à nouveau autour d'elle, elle s'était aperçue que Hugh était toujours là. Et qu'il l'attendait. Il n'avait pas changé de comportement à son égard, sauf qu'il s'était mis en tête de l'épouser et qu'elle n'avait, désormais, plus aucune raison de refuser.

— Tu n'es guère loquace, ce soir, lui dit-il.

— Je croyais que je parlais trop.

— Si quelque chose te tracassait, tu m'en ferais part ?

— Rien ne me tracasse, mais les choses vont si vite, il y a tant à faire, et d'avoir rencontré les Lundstrom, ce soir, c'est pour moi comme si Jody était déjà parti au Canada et que je n'allais jamais le revoir.

Restant un moment silencieux, Hugh prit une cigarette et l'alluma avec l'allume-cigare du tableau de bord.

— Moi, je crois, déclara-t-il, que tu es tout simplement en train de faire une dépression prénuptiale, en admettant que ce soit le terme pour désigner ce genre de choses.

— Quelle en serait la cause ?

— Trop de choses à penser, trop de lettres à écrire, trop de paquets cadeaux à ouvrir, sans compter les essayages, les rideaux à choisir, les traiteurs et les fleuristes tambourinant à la porte. Il y a de quoi faire perdre la raison à la personne la plus équilibrée.

— Alors pourquoi nous as-tu laissé embringuer dans un aussi grand mariage ?

— Parce que c'est important pour Diana. Un simple mariage à la mairie, suivi de deux jours de voyage de noces à Brighton, l'aurait considérablement déçue.

— Mais nous n'avons pas à nous sacrifier pour les autres.

Il posa la main sur la sienne.

— Courage. Mardi tout sera fini, et nous nous envolerons pour les Bahamas. Tu pourras alors passer toute la journée au soleil sans avoir à écrire une seule lettre, et tu ne mangeras que des oranges. Qu'en dis-tu ?

— J'aurais aimé aller à Aphros, dit-elle, consciente de faire des enfantillages.

Hugh commença à s'impatienter.

— Caroline, nous en avons déjà discuté un millier de fois…

Elle cessa de l'écouter, ses pensées revenant sans cesse à Aphros. Elle revoyait les oliveraies, les vieux arbres émergeant des coquelicots pour se détacher sur la mer azurée, les champs de jacinthes et les cyclamens rose pâle. Elle entendait tinter les clochettes des troupeaux de chèvres et sentait encore l'odeur, chaude et résineuse, des pins dans la montagne.

— … et de toute façon, nous avons déjà pris nos dispositions.

— Mais irons-nous, un jour, à Aphros, Hugh ?

— Tu n'as donc rien entendu de ce que je viens de dire ?

— Nous pourrions louer une petite maison.

— Non.

— Alors un yacht.

— Non.

— Pourquoi ne veux-tu pas aller là-bas ?

— Parce que je pense que tu devrais t'en tenir à tes souvenirs, pour ne pas risquer d'être déçue. Aphros est sans doute, aujourd'hui, pourri par le tourisme.

— Mais tu n'en sais rien.

— Il y a de fortes chances.

— Mais…

— Non, dit Hugh.

Après un instant de silence, elle revint à la charge :

— Je veux retourner là-bas.

2

Quand ils rentrèrent, l'horloge du vestibule sonnait deux heures, de son carillon majesteux et mélodieux. Hugh introduisit la clé de Caroline dans la serrure et poussa la porte. On avait laissé l'entrée allumée, mais l'escalier était plongé dans l'obscurité. Un grand calme régnait dans la maison. La fête était finie depuis longtemps déjà et tout le monde était allé se coucher.

Elle se tourna vers Hugh.

— Bonne nuit.

— Bonne nuit, ma chérie.

Ils s'embrassèrent.

— Quand te reverrai-je ? Je ne serai pas en ville demain soir… Peut-être mardi ?

— Tu n'as qu'à venir dîner. Je le dirai à Diana.

— Très bien.

Il lui sourit et sortit. Elle pensa à dire « Merci pour cette charmante soirée » avant que la porte se referme derrière lui ; puis, se retrouvant seule, elle attendit qu'il démarre.

Quand le bruit du moteur se fut évanoui au loin, elle monta tout doucement l'escalier en se tenant à la rampe. Arrivée au palier, elle éteignit l'entrée et se dirigea vers sa chambre. Les rideaux étaient tirés, le lit ouvert, sa chemise de nuit posée au bout de l'édredon. Après avoir semé chaussures, sac, manteau et écharpe sur le tapis, elle se jeta sur le lit sans se soucier de froisser sa robe. Au bout d'un moment, elle se mit à défaire lentement les petits boutons, fit glisser son caftan par-dessus sa tête, ôta le reste et enfila sa chemise de nuit, fraîche et légère contre sa peau. Pieds nus, elle se rendit dans la salle de bains, se débarbouilla hâtivement et se lava les dents. Cela la détendit. Elle était encore fatiguée, mais son esprit virevoltait comme un écureuil en cage. Elle s'installa à la coiffeuse, prit sa brosse qu'elle reposa aussitôt sur la table. Elle ouvrit le tiroir du bas, en sortit les lettres de Drennan, encore attachées avec un ruban rouge, une photographie de tous les deux en train de

50

nourrir les pigeons à Trafalgar Square, des programmes de théâtre, des menus de restaurant et autres bouts de papier sans valeur qu'elle avait précieusement gardés en souvenir du temps qu'ils avaient passé ensemble.

« Tu es tombée malade, lui avait dit Hugh, ce soir, pour l'excuser. Ce n'est tout de même pas ta faute si tu as attrapé une pneumonie. »

Cela semblait si vrai, si simple. Mais ni lui ni Diana n'avaient jamais rien su de sa liaison avec Drennan Colefield. Même lorsque tout avait été fini et qu'elle s'était retrouvée seule avec sa belle-mère aux Antilles, où celle-ci l'avait emmenée pour sa convalescence, Caroline ne lui avait jamais raconté ce qui s'était passé, malgré un grand besoin de paroles réconfortantes et banales comme : « Le temps guérit les blessures », « Toute femme connaît au moins une histoire d'amour malheureuse dans sa vie », « Un de perdu, dix de retrouvés ».

Plusieurs mois plus tard, le nom de Drennan avait été prononcé au petit déjeuner. Lisant la rubrique théâtrale dans le journal, Diana, par-delà le rayon de soleil, le pot de confiture et les vapeurs de café, avait levé les yeux vers Caroline :

« Drennan Colefield ne faisait-il pas partie de la troupe du Lunnbridge quand tu t'y trouvais ?

— Si. Pourquoi ? avait répondu prudemment Caroline en posant sa tasse.

— Il va interpréter le personnage de Kirby Ashton dans le film *Sors ton flingue*. Ce doit être un rôle assez costaud, car le livre n'est que sexe et violence. Il était bien ? avait-elle demandé en dévisageant Caroline. Je veux dire comme acteur ?

— Je suppose que oui.

— Il y a une photo de lui avec sa femme dans le journal. Savais-tu qu'il avait épousé Michelle Tyler ? C'est un très bel homme. »

Elle avait tendu le journal à Caroline. Il était plus mince que dans son souvenir, et ses cheveux étaient plus longs, mais elle reconnaissait bien son sourire, l'éclat de son regard et l'éternelle cigarette entre ses doigts.

« Que faites-vous, ce soir ? » lui avait-il demandé lors de leur première rencontre. Encore couverte de peinture après avoir travaillé aux décors d'une pièce, elle préparait le café dans la Salle verte. Elle lui avait répondu « Rien », et Drennan avait rétorqué : « Moi non plus. Eh bien, faisons donc quelque chose ensemble. »

Après cette soirée, le monde était devenu merveilleux. La moindre feuille d'arbre était un véritable miracle. Un enfant jouant au ballon, un vieil homme assis sur un banc prenaient une dimension toute nouvelle. La triste petite ville était métamorphosée, ses habitants montraient désormais un visage souriant et heureux, et le soleil semblait briller en permanence, plus chaud et plus lumineux que jamais. Et tout cela à cause de Drennan. « C'est comme ça quand on aime, lui avait-il dit. C'est comme ça que ce doit être. »

Mais cela n'avait plus jamais été ainsi. Pleine de ses souvenirs et de son amour pour Drennan, et sachant qu'elle allait épouser Hugh dans une semaine, Caroline se mit à pleurer, non pas à sanglots bruyants, mais dans un flot de larmes silencieuses qui emplissaient ses yeux et coulaient sur ses joues, sans qu'elle songeât à les réprimer.

Elle aurait pu rester là jusqu'à l'aube, à contempler son image, remplie de pitié pour elle-même, sans trouver de solution satisfaisante, si Jody ne l'avait interrompue dans sa douloureuse méditation. Il s'était avancé sans faire de bruit dans le couloir qui séparait sa chambre de la sienne et avait frappé doucement à sa porte. N'obtenant aucune réponse, il l'ouvrit et passa la tête dans l'entrebâillement.

— Tu vas bien ?

Sa soudaine apparition eut sur Caroline l'effet d'une douche froide. Faisant aussitôt un effort pour se ressaisir, elle essuya ses larmes du plat de la main et enfila sa robe de chambre par-dessus sa chemise de nuit.

— Oui… bien sûr… Pourquoi n'es-tu pas au lit ?

— Je ne dormais pas. Je t'ai entendue rentrer, puis aller et venir dans ta chambre, alors j'ai pensé que tu étais peut-être malade.

Il referma la porte derrière lui et se dirigea vers la coiffeuse. Il était en pyjama bleu, nu-pieds, et ses cheveux roux se dressaient sur sa tête.

— Pourquoi pleurais-tu ?

Cela n'aurait servi à rien de répondre « Je ne pleurais pas », aussi dit-elle « Pour rien », ce qui n'était guère mieux.

— Tu ne peux pas dire ça. On ne pleure jamais pour rien.

Il s'approcha et regarda sa sœur dans les yeux.

— Tu as faim ?

Elle secoua la tête avec un sourire.

— Eh bien, moi si. Je crois que je vais descendre manger un morceau.

— C'est ça.

Mais il ne bougea pas, cherchant dans la pièce des indices lui permettant de comprendre la tristesse de sa sœur. Son regard tomba sur le rouleau de lettres et la photographie, qu'il prit dans ses mains.

— C'est Drennan Colefield, dit-il. Je l'ai vu dans *Sors ton flingue*. J'ai dû forcer Katy à venir le voir avec moi parce que c'est un film interdit aux mineurs non accompagnés d'un adulte. Il jouait le rôle de Kirby Ashton. Il était formidable.

Il leva les yeux vers Caroline.

— Tu l'as connu, n'est-ce pas ?

— Oui. Nous étions ensemble au Lunnbridge.

— Il est marié maintenant.

— Je sais.

— C'est pour ça que tu pleures ?

— Peut-être.

— Tu le connais donc si bien ?

— Oh, Jody, c'est une vieille histoire.

— Alors, il n'y a pas de raison de pleurer.

— Je suis trop sentimentale.

— Mais tu…

Il ne parvint pas à dire « aimes ».

— Tu vas épouser Hugh.

— Oui. C'est ça, être sentimental. C'est pleurer sur quelque chose qui est fini, bien fini. Ce n'est rien qu'une perte de temps.

Il la regardait avec une vive attention. Au bout d'un moment, il posa la photo sur la coiffeuse.

— Je vais voir si je trouve un bout de gâteau, et je reviens. Tu veux quelque chose ?

— Non. Ne fais pas de bruit. Il ne faut pas réveiller Diana.

Il s'éloigna en silence. Caroline rangea les lettres et la photo dans le tiroir et le referma. Puis elle s'en fut ramasser les habits éparpillés sur le tapis, pendit le caftan dans l'armoire, rassembla ses chaussures, plia ses autres vêtements et les plaça sur une chaise. Lorsque Jody revint avec un plateau, elle s'était brossé les cheveux et l'attendait, assise dans son lit. Il s'installa à côté d'elle, posant le plateau sur la table de nuit.

— Tu sais, j'ai une idée, déclara-t-il.

— Une bonne idée ?

— Je crois. Tu pensais que cela m'était égal de partir au Canada avec Diana et Shaun, hein ? Eh bien, figure-toi que je n'ai aucune envie d'y aller. Je suis prêt à tout pour rester.

Caroline le regarda avec stupéfaction.

— Mais, Jody, je croyais que tu voulais partir. Tu avais l'air tellement enthousiaste.

— J'étais seulement poli.

— Pour l'amour du ciel, tu n'as pas à être poli quand il s'agit d'une décision aussi importante.

— Je suis toujours poli. Mais il n'empêche que je ne veux pas partir.

— Mais tu t'amuseras bien au Canada.

— Qu'est-ce que tu en sais ? Tu n'y as jamais été. Et puis, je ne veux pas quitter l'école, je ne veux quitter ni mes amis ni l'équipe de football.

Ses propos plongeaient Caroline dans la plus grande perplexité.

— Mais pourquoi ne m'as-tu rien dit avant ? Pourquoi ne m'en parles-tu qu'aujourd'hui ?

— Je ne t'ai rien dit avant parce que tu étais très occupée avec tes faire-part, tes problèmes de vaisselle, ta robe de mariée et tout le reste.

— Mais j'étais disponible pour toi…

Paraissant ne pas l'avoir entendue, il poursuivit :

— Et si je te parle maintenant, c'est parce que ce sera trop tard après. Nous n'aurons plus assez de temps. Alors, tu ne veux pas connaître mes projets ?

Caroline fut soudain pleine d'appréhension.

— Eh bien, qu'est-ce que tu projettes ?

— Eh bien, c'est de rester à Londres plutôt que d'aller à Montréal... Pas avec toi et Hugh, mais avec Angus.

— Angus ?

Elle trouvait cela presque drôle.

— Angus est au bout du monde. Au Cachemire, au Népal, je ne sais où. Même si nous savions où il se trouve, ce qui n'est pas le cas, il ne reviendrait jamais à Londres.

— Il n'est ni au Cachemire ni au Népal, dit Jody en prenant une large bouchée de gâteau. Il est en Ecosse.

Sa sœur le regarda d'un air ébahi, en se demandant si elle avait bien entendu, la bouche de son frère étant encombrée de miettes de gâteau et de raisins secs.

— En Ecosse ?

Il acquiesça d'un hochement de tête.

— Et qu'est-ce qui te fait penser qu'il est en Ecosse ?

— Je ne le pense pas. Je le sais. Il m'a écrit une lettre, il y a trois semaines. Il travaille au

Strathcorrie Arms Hotel, à Strathcorrie, dans le Perthshire.

— Il t'a écrit une lettre ? Et tu ne m'en as jamais parlé ?

Le visage de Jody se ferma.

— Je pensais que c'était mieux.

— Et où est cette lettre ?

— Dans ma chambre.

Il fourra dans sa bouche un autre énorme morceau de gâteau.

— Tu veux bien me la montrer ?

— D'accord.

Il glissa du lit, fila dans sa chambre et revint avec la lettre.

— Tiens, dit-il en la lui donnant.

Il grimpa à nouveau sur le lit et prit le verre de lait posé sur le plateau.

Caroline examina l'adresse tapée à la machine sur l'enveloppe bulle.

— Très anonyme, dit-elle.

— Je sais. Je l'ai trouvée un jour en rentrant de l'école. J'ai cru que c'était une publicité. Ça en a l'air, n'est-ce pas ?

Elle sortit la lettre de l'enveloppe. Ecrite sur une simple feuille de papier pelure, elle avait été

59

lue plusieurs fois et menaçait de tomber en morceaux.

Strathcorrie Arms Hotel
Strathcorrie, Perthshire

Mon cher Jody,

 Voici un de ces messages comme tu brûles d'en lire, parce qu'il est secret. Aussi ne le laisse pas tomber entre les mains de Diana, car, alors, ma vie ne vaudrait plus la peine d'être vécue.
 Je suis revenu des Indes il y a environ deux mois, et j'ai poursuivi ma route jusqu'ici avec un type que j'avais rencontré en Iran. Il est maintenant reparti et j'ai réussi à trouver un boulot dans un hôtel, où je cire les chaussures des clients et remplis des seaux de charbon et des paniers de bûches. Les gens viennent là pour la pêche. Quand ils ne pêchent pas, ils passent leur temps dans des fauteuils et on dirait qu'ils sont morts depuis six mois.
 Le bateau m'ayant laissé à Londres, j'ai passé quelques jours dans cette ville. Je serais bien venu vous voir, Caroline et toi, si je n'avais craint que Diana ne me saute dessus, ne me mette la bride au cou (des cols amidonnés), qu'elle ne me ferre (ne

60

me fasse porter des chaussures en cuir noir), et qu'elle ne m'étrille (ne me coupe les cheveux). En un rien de temps, je me serais retrouvé harnaché, une parfaite monture pour dame.

Embrasse C. pour moi. Dis-lui que je vais bien et que je suis heureux. Je te tiens au courant de ce que je fais.

Vous me manquez tous les deux.

Angus

— Jody, pourquoi ne m'as-tu jamais montré cette lettre ?

— J'ai pensé que tu voudrais peut-être la faire lire à Hugh et qu'il en parlerait à Diana.

— Je ne crois pas que Hugh l'aurait fait. Et si on appelait Angus ?

Jody se montra opposé à cette idée.

— Il ne donne pas de numéro. Et imagine, si on nous entendait. Et puis le téléphone, c'est pas bien, on ne voit pas le visage de la personne et on est tout le temps coupé.

Elle savait qu'il détestait le téléphone et en avait même peur.

— On pourrait lui écrire une lettre.

— Il ne répond jamais aux lettres.

61

Ce n'était que trop vrai. Mais Caroline, inquiète, se demandait où Jody voulait en venir.

— Alors, que proposes-tu ?

Il prit une profonde inspiration.

— Il faut que nous partions tous les deux en Ecosse pour aller le voir et lui expliquer ce qui se passe.

Il haussa la voix comme si elle était sourde :

— Il faut lui dire que je ne veux pas aller au Canada avec Diana et Shaun.

— Tu sais très bien ce qu'il te répondra. Il te dira que ce n'est pas son affaire.

— Je ne crois pas.

Elle se sentait un peu honteuse.

— Bon, admettons. Donc, nous allons trouver Angus en Ecosse. Et que lui disons-nous ?

— Qu'il doit revenir à Londres pour s'occuper de moi. Il ne peut pas fuir ses responsabilités toute sa vie – c'est ce que Diana répète sans cesse. Et je suis une de ses responsabilités.

— Et comment pourrait-il s'occuper de toi ?

— Nous pourrions habiter un petit appartement et il pourrait trouver un travail...

— Angus ?

— Pourquoi pas ? C'est ce que tout le monde fait. S'il s'est braqué contre cette idée, c'est simplement parce qu'il ne veut rien faire de ce que Diana voudrait.

Caroline ne put s'empêcher de sourire.

— Je dois dire que tu n'as pas tort.

— Mais pour nous, il serait prêt à revenir. Il dit que nous lui manquons. Il aimerait être avec nous.

— Et comment irons-nous en Ecosse ? Comment quitter la maison sans que Diana s'aperçoive de notre absence ? Tu sais très bien qu'elle appellerait toutes les gares, tous les aéroports. Et si nous lui empruntions sa voiture, nous serions arrêtés par le premier policier venu.

— Je sais. J'ai pensé à tout ça.

Il vida son verre et se rapprocha de sa sœur.

— J'ai un plan.

Bien qu'on ne fût qu'à quelques jours du mois d'avril, l'après-midi avait été maussade et sombre et il faisait déjà presque nuit. On avait d'ailleurs à peine vu la lumière de la journée. Depuis le matin le ciel était rempli de nuages bas et noirs qui, de temps à autre, éclataient en averses glacées. La campagne était tout aussi lugubre. On ne distinguait des collines que les taches noirâtres d'herbe brune. Les dernières neiges couvraient les hauteurs et s'immisçaient au hasard dans les creux et les fentes où le soleil n'avait pas accès, comme du sucre glace maladroitement répandu.

Entre les collines, suivant les méandres de la rivière, se dessinait le vallon où soufflait, venant sans doute de l'Arctique, un vent du nord, froid, violent et implacable. Il arrachait les branches dénudées des arbres, faisait voler hors des fossés les vieilles feuilles sèches qui se mettaient à tourbillonner, prises de folie, dans l'air glacial, et rugissait dans les grands pins, rappelant le grondement lointain de la mer.

Dans le cimetière, exposé aux intempéries et n'offrant aucune possibilité d'abri, de petits groupes de personnes en noir courbaient le dos. Le surplis amidonné du pasteur claquait et se gonflait comme une voile mal fixée, et Oliver Cairney, qui était tête nue et ne sentait plus ses joues et ses oreilles, regretta de ne pas avoir pensé à mettre un second manteau.

Il se trouvait dans un curieux état, l'esprit à la fois confus et clair comme du cristal. S'il avait à peine entendu les paroles prononcées par le prêtre, qui auraient pourtant dû le toucher, son attention avait été en revanche attirée et retenue par les pétales lumineux d'un gros bouquet de jonquilles, qui brillait en ce jour sombre comme une bougie dans une pièce obscure. Et si la plupart des gens qui l'entouraient, à la limite de son champ de vision, lui semblaient aussi anonymes que des ombres, il remarqua cependant quelques personnes, tels des personnages au premier plan d'un tableau. Parmi elles Cooper, le vieux gardien, qui avait mis son plus beau costume en tweed et une cravate tricotée, la silhouette rassurante de Duncan Fraser, son voisin, et cette fille étrange, déplacée dans cette réunion de gens ordinaires. Brune, très mince et hâlée, elle était coiffée d'un bonnet de fourrure qui recouvrait ses oreilles, et son visage disparaissait presque derrière une énorme paire de lunettes noires. Elle ne manquait pas d'allure et sa présence ici était assez troublante. Qui était-elle ? Une amie de Charles ? Cela semblait improbable…

Après s'être perdu en vaines conjectures, il fit le vide dans son esprit et essaya à nouveau de se concentrer sur la cérémonie. Mais le vent malveillant, comme prenant le parti du démon intérieur d'Oliver, se leva brusquement, emportant dans une soudaine rafale les feuilles mortes à ses pieds. Il tourna la tête, et ses yeux retombèrent sur elle. Elle avait enlevé ses lunettes, et il reconnut avec stupéfaction Liz Fraser. Liz, étonnamment élégante, aux côtés de son père. L'espace d'un instant leurs regards se croisèrent, puis il détourna le sien, en proie à des pensées agitées. Liz, qu'il n'avait pas vue depuis deux ans ou plus. Liz, qui était maintenant une jeune fille, et se trouvait aujourd'hui à Rossie Hill. Liz, que son frère adorait. Il lui fut reconnaissant de sa présence, si précieuse pour Charles.

Puis, ce fut enfin terminé. Les gens commencèrent à bouger, heureux d'échapper au froid. Tournant le dos à la tombe recouverte de fleurs, ils sortirent par groupes de deux ou trois du cimetière, balayé par les rafales qui s'engouffraient à travers la grille.

Oliver se retrouva dans la rue à serrer des mains et à prononcer les formules appropriées.

— Merci d'être venu. Oui... c'est une tragédie...

C'étaient de vieux amis de Charles, des gens du village, des fermiers de l'autre côté de Relkirk, des gens pour la plupart inconnus d'Oliver. Ils se présentèrent.

— C'est bien aimable à vous d'être venu de si loin. Si vous n'êtes pas trop pressé, arrêtez-vous, sur le trajet du retour, à Cairney pour boire le thé. Mme Cooper a préparé une grande théière.

C'était à présent le tour de Duncan Fraser, avec sa solide carrure, emmitouflé dans un manteau noir, le cou entouré d'un cache-nez, les cheveux ébouriffés. Oliver chercha Liz du regard.

— Elle est partie, dit Duncan. Elle a préféré rentrer seule. Elle n'est pas très douée pour ce genre de choses.

— Je suis désolé. Mais je compte sur vous pour passer à Cairney, Duncan. Vous boirez bien un verre pour vous réchauffer.

— Très volontiers.

Le pasteur apparut à son côté. Oliver lui fit la même proposition.

— Merci pour votre invitation, Oliver, mais je ne viendrai pas, dit-il. Ma femme est au lit, avec la grippe, je crois.

Ils se serrèrent la main, remerciement silencieux pour l'un, témoignage de sympathie pour l'autre.

— J'aimerais que vous me fassiez part de vos projets.

— Ce serait avec plaisir, mais je crains que ce ne soit trop long pour vous en parler maintenant.

— Eh bien, un autre jour alors.

Le vent s'engouffra dans la soutane du prêtre. Ses mains, tenant le livre de prières, étaient enflées et rougies par le froid. Il tourna le dos à Oliver et s'éloigna, remontant l'allée bordée de pierres tombales conduisant à l'église, son surplis flottant dans le jour sombre. Oliver le suivit du regard jusqu'à ce qu'il eût disparu dans l'église et refermé la grande porte derrière lui. Puis il regagna sa voiture, soulagé d'être enfin seul. L'épreuve que constituait pour lui l'enterrement étant passée, il lui était désormais possible d'accepter l'idée que Charles était mort. Et cette acceptation ne pouvait sans doute que lui rendre les choses plus faciles. Oliver se sentit non pas plus heureux, mais plus calme, et content que tant de monde soit venu rendre hommage à son frère, tout particulièrement Liz.

Au bout d'un moment, il fouilla dans la poche de son manteau et en sortit un paquet de cigarettes. Il en alluma une, et, regardant la rue déserte, estima qu'il était temps de rentrer chez lui pour ne pas faire attendre ses invités, cette réception constituant sa dernière obligation sociale de la journée. Il mit le contact, passa la première et déboîta, la glace du caniveau crissant sous les profondes empreintes des pneus neige.

A cinq heures, le dernier, ou du moins l'avant-dernier visiteur était parti. Seule la vieille Bentley de Duncan Fraser était encore devant la maison, mais on pouvait difficilement considérer Duncan comme un visiteur.

Après le départ de la dernière voiture, Oliver rentra, claqua la porte d'entrée et regagna la bibliothèque, où brûlait un bon feu. Lisa, un vieux labrador, se leva et vint vers lui, puis, déçue de ne pas voir celui qu'elle attendait, s'en retourna lentement s'étendre sur le tapis devant le foyer. Lisa était la chienne de Charles, et son air misérable fendait le cœur.

Resté seul, Duncan s'était installé confortablement dans un fauteuil près du feu, le visage rougi, plus par les deux whiskies bien servis qu'il avait bus que par les flammes.

La pièce, de pauvre apparence, gardait les traces des visiteurs qui s'y étaient succédé. Des miettes de cake parsemaient la nappe damassée couvrant la table, qui avait été poussée dans le coin le plus éloigné. Des tasses vides se mêlaient à des verres qui avaient contenu une boisson plus forte que l'excellent thé de Mme Cooper.

Duncan sourit à Oliver, étira ses jambes et dit

avec un fort accent de Glasgow, dont il était originaire :

— Je devrais être déjà parti.

Il ne fit toutefois aucun mouvement pour se lever, et Oliver, se penchant vers la table afin de se couper un morceau de cake, suggéra :

— Restez encore un peu.

Il ne tenait pas à être seul.

— Je voudrais que vous me parliez de Liz. Je vous sers un autre whisky ?

Duncan Fraser regarda son verre vide, paraissant étudier la proposition, et finit par le tendre comme Oliver s'y attendait.

— Alors un tout petit. Mais vous n'avez, vous-même, rien bu. J'aimerais que vous m'accompagniez.

— Ce n'est pas de refus à présent.

Il posa le verre sur la table, en prit un autre pour lui, et versa dans les deux du whisky additionné d'un peu d'eau.

— Je n'ai pas reconnu Liz, vous vous rendez compte ? Je me demandais qui ce pouvait bien être.

— Elle a en effet changé.

— Est-elle avec vous depuis longtemps ?

— Quelques jours. Elle revient des Antilles où elle a fait un séjour chez une de ses camarades. Je suis allé la chercher à l'aéroport de Prestwick. Je n'en avais pas l'intention au départ, mais, finalement, j'ai pensé préférable de lui annoncer moi-même la mort de Charles.

Il esquissa un pâle sourire.

— Les femmes sont bien étranges, Oliver. C'est difficile de savoir ce qu'elles pensent. Elles gardent les choses secrètes et semblent avoir peur de se livrer.

— Mais elle est venue aujourd'hui.

— Oh oui. Mais c'est la première fois qu'elle est confrontée à l'universalité de la mort, qui frappe non seulement les autres, noms anonymes dans la rubrique nécrologique des journaux, mais aussi ceux qui nous sont proches, les amis, les amants. Elle passera peut-être vous voir demain ou après-demain…. je ne peux vous dire exactement.

— C'est la seule fille à laquelle Charles se soit jamais intéressé. Vous ne l'ignorez pas, n'est-ce pas ?

— Non. Il s'intéressait à elle quand elle n'était encore qu'une enfant.

— Il attendait qu'elle grandisse.

71

Duncan s'abstint de tout commentaire. Oliver alluma une cigarette et s'assit sur le bord du fauteuil placé de l'autre côté du tapis de foyer. Duncan le regardait.

— Et qu'allez-vous faire maintenant ? A propos de Cairney, je veux dire ?

— Vendre.

— Vraiment ?

— Oui. Je n'ai pas le choix.

— C'est tout de même dommage d'abandonner une aussi belle propriété.

— Certes. Mais je n'y habite pas. Mes racines sont à Londres, tout comme mon travail. Et, contrairement à Charles, je ne me sens pas l'âme d'un propriétaire foncier.

— Mais n'êtes-vous pas attaché à Cairney ?

— Si, bien sûr. C'est la maison où j'ai grandi.

— Je me demande ce qu'un garçon posé comme vous fait à Londres. C'est un endroit que je n'ai jamais pu supporter.

— C'est un endroit que j'adore.

— Vous gagnez bien votre vie ?

— Assez bien pour avoir un appartement décent et une voiture.

— Et votre vie sentimentale ?

Si tout autre que Duncan lui avait posé cette question, Oliver lui aurait déjà envoyé son poing à la figure. Espèce de vieux renard, pensa-t-il, tout en répondant :

— Elle est satisfaisante.

— Je vous vois très bien courir la ville avec des tas de femmes magnifiques…

— A votre ton, je ne saurais dire si vous me blâmez ou m'enviez.

— Je n'ai jamais compris, dit Duncan sèchement, comment quelqu'un comme Charles pouvait avoir un jeune frère comme vous. Vous n'avez jamais pensé à vous marier ?

— Je ne me marierai que lorsque je serai trop vieux pour autre chose.

Duncan eut un rire bruyant.

— Voilà qui me remet à ma place. Mais revenons à Cairney. Si votre décision est prise, je vous propose de l'acheter. Qu'en pensez-vous ?

— Je préfère vendre à vous plutôt qu'à n'importe qui d'autre.

— Je réunirai la ferme à la mienne, avec la lande et le lac. Il restera la maison. Vous pourriez peut-être la vendre séparément. Elle n'est pas très grande, pas trop loin de la route, et le jardin est parfaitement viable.

Il était réconfortant pour Oliver de l'entendre parler de cette manière, en mettant de côté l'aspect émotionnel d'une telle décision pour aborder le côté pratique des choses. Mais c'était bien dans la manière de Duncan Fraser. C'était ainsi qu'il avait édifié sa fortune, alors qu'il était encore assez jeune, qu'il avait réussi à vendre à un prix astronomique son affaire à Londres et pu accomplir son rêve : retourner en Ecosse pour y acheter de la terre et mener l'agréable vie de gentleman-farmer.

Mais, une fois son ambition réalisée, il avait connu le revers de la médaille ; en effet, Elaine, la femme de Duncan, qui n'avait jamais été très enthousiaste à l'idée de quitter son sud natal pour s'installer dans le fin fond du Perthshire, n'avait pas tardé à s'ennuyer à Rossie Hill. Ses amis lui manquaient et le temps la démoralisait. Les hivers, se plaignait-elle, étaient longs et rudes. Les étés, courts, froids et humides. En conséquence, ses visites à Londres étaient devenues de plus en plus fréquentes et de plus en plus longues, jusqu'au jour inévitable où elle lui avait annoncé qu'elle ne voulait plus revenir ; et c'est ainsi que leur mariage avait été rompu.

Si Duncan en avait conçu une profonde

affliction, il l'avait très bien cachée. Il aimait avoir Liz pour lui et, lorsqu'elle partait voir sa mère, il ne souffrait jamais de la solitude, car ses centres d'intérêt étaient nombreux. A son arrivée à Rossie Hill, les gens des environs s'étaient montrés sceptiques sur ses capacités de fermier, mais il avait fait ses preuves ; aujourd'hui accepté de tous, il était membre du club de Relkirk et juge de paix. Oliver lui portait une grande amitié.

— Avec vous, tout semble si logique et facile. On ne dirait pas qu'il s'agit de vendre sa propre maison.

— C'est comme ça.

Duncan vida son verre d'un trait, le posa sur la table à côté de lui et se leva brusquement.

— Quoi qu'il en soit, réfléchissez bien. Vous restez combien de temps ?

— J'ai pris deux semaines de congé.

— Nous pourrions nous voir mercredi à Relkirk, qu'en pensez-vous ? Je vous invite à déjeuner et nous aurons une petite conversation avec les notaires. Mais peut-être est-ce précipité ?

— Pas du tout. Plus vite l'affaire sera réglée, mieux ce sera.

— En ce cas, je vais vous laisser.

Comme il se dirigeait vers la porte, Lisa se leva et suivit les deux hommes, à une certaine distance, dans l'entrée glaciale, ses griffes grinçant sur le parquet poli.

Duncan lui jeta un regard par-dessus son épaule.

— Un chien sans son maître est une bien triste chose.

— La pire des choses.

Lisa regarda Oliver aider Duncan à mettre son manteau et les accompagna jusqu'à la vieille Bentley. Il faisait plus froid que jamais, la nuit était noire comme de l'encre, balayée par le vent. Leurs pas résonnaient sur l'allée parsemée de flaques glacées.

— Nous allons encore avoir de la neige, dit Duncan.

— Il semblerait.

— Vous avez un message pour Liz ?

— Dites-lui de passer me voir.

— Je n'y manquerai pas. A mercredi, alors, au club. Midi trente.

— Comptez sur moi.

Oliver ferma la portière.

— Soyez prudent.

Après le départ de la voiture, il rentra dans la maison, Lisa sur ses talons. La porte refermée, il resta un instant immobile, saisi par l'immense vide de la demeure. Ce n'était pas la première fois qu'il en était frappé. Cette impression de vide l'avait bouleversé par intervalles depuis son arrivée, deux jours auparavant. Il se demanda s'il pourrait jamais s'y habituer.

Le vestibule était froid et silencieux. Lisa, inquiète de l'immobilité d'Oliver, poussa son museau dans sa main, et il se baissa pour lui caresser la tête, lissant ses oreilles soyeuses. Sous l'effet d'une rafale de vent, un courant d'air s'engouffra dans le rideau en velours suspendu à la porte d'entrée qui se gonfla et se mit à onduler. Oliver frissonna et retourna à la bibliothèque, où Mme Cooper le rejoignit avec un plateau. Ils y entassèrent les tasses, les soucoupes et les verres, et nettoyèrent la table. Mme Cooper plia la nappe damassée et Oliver l'aida à remettre la table au milieu de la pièce. Il l'accompagna jusqu'à la cuisine et lui tint la porte ouverte pour qu'elle puisse passer avec le plateau chargé, puis il la suivit, la théière vide dans une main et la bouteille de whisky, bien entamée, dans l'autre.

Elle se mit à faire la vaisselle.

— Vous êtes fatiguée, lui dit-il. Laissez cela.

— Il n'en est pas question, répondit-elle, le dos tourné. Je n'ai jamais laissé une tasse sale dans l'évier.

— Alors, rentrez chez vous dès que vous aurez terminé.

— Et votre dîner ?

— J'ai trop mangé de cake. Je ne tiens pas à dîner.

Elle gardait obstinément le dos tourné, comme s'il lui était impossible de montrer sa peine. Elle adorait Charles.

— Ce cake était excellent, dit-il. Merci.

Mme Cooper lui présentait toujours le dos. Quand il comprit qu'elle ne se retournerait pas, Oliver sortit de la cuisine et, la laissant seule, alla de nouveau s'installer devant la cheminée de la bibliothèque.

3

Derrière la maison de Diana Carpenter, à
Milton Gardens, s'étendait un long jardin
étroit, donnant, à l'arrière, sur une ruelle pavée.
Entre le jardin et la ruelle se dressaient un haut
mur percé d'une porte et un bâtiment, qui était
autrefois un grand garage ; de retour à Londres,
Diana avait estimé un bon investissement de
transformer le garage en appartement, en y
ajoutant un étage. Les travaux l'avaient occupée
et rendue heureuse pendant une année ou plus,
et, lorsque tout avait été terminé et que l'appartement avait été meublé et décoré, elle l'avait
loué à un prix exorbitant à un diplomate américain, en poste à Londres pour deux ans.
C'était le locataire idéal. Mais, lorsque celui-ci
fut rentré à Washington et qu'elle se mit à lui

chercher un remplaçant, elle n'eut pas la même chance.

Surgissant du passé, Caleb Ash se présenta avec sa petite amie Iris, deux guitares et un chat siamois, en quête d'un gîte.

— Et qui est Caleb Ash ? demanda Shaun.

— Oh, c'était un ami de Gerald Cliburn, à Aphros. C'est un de ces beaux parleurs qui ont toujours de grands projets, comme écrire un roman, peindre une fresque murale, monter une affaire ou construire un hôtel, mais qui ne font jamais rien. En tout cas, Caleb est le plus grand fainéant que la terre ait jamais porté.

— Et Mme Ash ?

— Iris. Ils ne sont pas mariés.

— Tu ne veux pas leur louer l'appartement ?

— Non.

— Et pourquoi ?

— Parce que je crains qu'ils n'aient une mauvaise influence sur Jody.

— Tu crois qu'il se souviendra d'eux ?

— Bien sûr. Ils étaient toujours fourrés à la maison.

— Et tu n'aimais pas ce garçon ?

— Je n'ai pas dit ça, Shaun. Il est impossible de ne pas aimer Caleb Ash, il a un charme fou.

Mais je ne sais pas, leur présence si proche, au bout du jardin...

— Peuvent-ils payer le loyer ?

— C'est ce qu'il prétend.

— Risquent-ils de transformer les lieux en porcherie ?

— Pas du tout. Iris a la manie de l'astiquage. Elle passe son temps à cirer les parquets et à mijoter des ragoûts dans de grandes marmites en cuivre.

— J'en ai l'eau à la bouche. Loue-leur donc l'appartement. Ce sont de vieux amis, tu ne peux pas rompre tous les liens avec ton passé, et je ne vois pas en quoi leur présence pourrait nuire à Jody.

Et c'est ainsi que Caleb, Iris, le chat siamois, les guitares et les grandes marmites firent leur entrée à Stable Cottage. Diana leur laissa, pour faire un jardin, un bout de terrain, que Caleb couvrit d'un dallage et où il fit pousser un camélia en pot, réussissant, à partir de rien, à recréer une ambiance méditerranéenne.

Jody, naturellement, adorait Caleb, mais, dès le départ, Diana l'avertit qu'il ne devait pas rendre visite au couple sans y avoir été préala-

blement invité, pour ne pas les déranger. Quant
à Katy, elle prit tout de suite Caleb en grippe,
surtout quand elle apprit par le téléphone arabe
qu'Iris et lui n'étaient pas mariés et qu'ils ne se
marieraient probablement jamais.

— Tu vas encore voir ce M. Ash ?

— Il m'a demandé de passer, Katy. Sukey, la
chatte, a eu des petits.

— Encore des siamois, je parie.

— Ce ne sont pas des siamois. Le père est le
chat tigré du n° 8 de la ruelle, et les chatons
sont croisés. Caleb m'a dit qu'ils conserveraient
leur aspect actuel.

Katy s'activait, contrariée.

— Qu'est-ce que j'en sais, moi ?

— J'ai pensé que nous pourrions en prendre
un.

— Pas une seule de ces affreuses choses
n'entrera ici. Mme Carpenter ne veut pas d'animaux dans la maison, tu le sais très bien. Elle le
répète assez souvent. Pas d'animaux. Or un chat
est un animal, alors il n'y a pas à discuter.

Le lendemain de la réception, Caroline et
Jody franchirent la porte du jardin et s'enga-
gèrent dans l'allée dallée conduisant à Stable

Cottage. Ils n'essayaient pas de se cacher. Diana était sortie, et Katy se trouvait dans la cuisine qui donnait sur la rue, préparant le déjeuner. Ils savaient que Caleb était là ; l'ayant appelé pour lui demander s'ils pouvaient passer, il leur avait répondu qu'il les attendait.

La matinée était froide, venteuse et très claire. Le ciel bleu se reflétait sur les dalles humides et le soleil brillait, éblouissant. L'hiver avait été long. De la plate-bande sombre émergeaient les premières pousses vertes. Tout le reste était brun, flétri et paraissait mort.

— L'année dernière, dit Caroline, à la même époque, il y avait des crocus partout.

Le petit bout de jardin de Caleb, plus abrité et ensoleillé, comptait déjà des jonquilles dans des bacs peints en vert, ainsi que quelques perce-neige, groupés au pied de l'amandier à l'écorce foncée qui se dressait au milieu du patio.

L'accès à l'appartement se faisait par un escalier extérieur qui débouchait sur une large terrasse ressemblant au balcon d'un chalet suisse. Caleb les avait entendus approcher et les attendait, appuyé à la balustrade en bois, tel un capitaine invitant ses passagers à monter à bord.

Et le fait est que les nombreuses années qu'il

avait passées à Aphros avaient modelé ses traits pour lui donner le faciès d'un Grec, tout comme les personnes mariées depuis longtemps finissent par se ressembler. Ses yeux étaient si enfoncés qu'il était presque impossible de deviner leur couleur, son visage hâlé se creusait de rides profondes, son nez saillait comme la proue d'un bateau, le tout était couronné de cheveux gris épais et bouclés. Sa voix, riche et profonde, évoquait à Caroline la saveur brute d'un vin de pays et d'un pain de campagne, ou l'odeur de l'ail dans une salade.

— Jody. Caroline.

Il les serra, chacun d'un bras, et les embrassa avec cette merveilleuse spontanéité qu'ont les Grecs. Personne n'embrassait jamais Jody, à part Caroline, parfois. Diana, avec son habituelle intuition, avait compris qu'il détestait cela. Mais avec Caleb c'était différent : il appréciait cette embrassade virile et amicale.

— Quelle agréable surprise ! Entrez. J'ai mis le café en route.

A l'époque où le diplomate américain occupait les lieux, le petit appartement avait un air de Nouvelle-Angleterre, froid, net et impeccablement ciré ; à présent, sous l'influence d'Iris, les couleurs avaient fait leur apparition, des toiles sans cadre recouvraient les murs, un mobile en verre coloré pendait du plafond, un châle grec avait été jeté sur le fauteuil en chintz soigneusement choisi par Diana. Il se dégageait de la pièce une atmosphère chaleureuse, ainsi qu'une bonne odeur de café.

— Où est Iris ?

— En courses.

Il avança une chaise.

— Assieds-toi. J'apporte le café.

Jody suivit Caleb, puis revint avec un plateau chargé de trois tasses et d'un sucrier, tandis que Caleb apportait la cafetière. Ils posèrent le tout sur une petite table placée devant le feu, et s'installèrent autour.

— Vous n'avez pas de problèmes ? demanda prudemment Caleb, toujours soucieux de ne pas commettre un impair envers Diana.

— Oh non, répondit automatiquement Caroline, pour se reprendre immédiatement. Enfin, pas vraiment.

— Raconte-moi tout.

Ce que fit Caroline. Elle lui parla de la lettre d'Angus, du refus de Jody de partir pour le Canada et de son idée de rejoindre son frère.

— Nous avons décidé d'aller en Ecosse. Nous partons demain, mardi.

— Vous allez le dire à Diana ? demanda Caleb.

— Certainement pas. Elle essaierait de nous en dissuader, tu le sais bien. Mais nous lui laisserons une lettre.

— Et Hugh ?

— Hugh ferait également tout pour me détourner de ce projet.

Caleb fronça les sourcils.

— Caroline, tu es censée épouser cet homme dans une semaine.

— Mais je vais l'épouser.

— Hum, fit Caleb, paraissant en douter.

Il regarda Jody, assis à côté de lui.

— Et toi ? Tu es vraiment décidé ? Tu as pensé à l'école ?

— Nous sommes en vacances à partir de vendredi.

— Hum, fit à nouveau Caleb.

Caroline en conçut de l'inquiétude.

— Caleb, dis tout de suite que tu n'approuves pas ce projet.

— Effectivement, je ne l'approuve pas. C'est

une idée insensée. Si tu veux parler à Angus, pourquoi ne pas l'appeler ?

— Jody ne veut pas. C'est trop compliqué de lui expliquer tout ça au téléphone.

— Et puis, on ne peut pas persuader quelqu'un par téléphone, dit Jody.

Caleb eut un sourire ironique.

— Parce que, bien sûr, tu penses qu'il faudra le persuader. Je ne te le fais pas dire. Il faudra déployer des trésors d'éloquence pour le convaincre de venir à Londres, de louer une maison, et de changer entièrement de vie.

Jody eut l'air de ne pas l'avoir entendu.

— Donc le téléphone est exclu ? insista Caleb. Et une lettre mettrait trop de temps pour arriver, j'imagine.

Jody acquiesça.

— Et un télégramme ?

En secouant la tête, Jody marqua son opposition à cette idée.

— Eh bien, on dirait que vous avez étudié toutes les possibilités. Nous en arrivons au second point. Comment allez-vous vous rendre en Ecosse ?

— C'est une des raisons pour lesquelles nous sommes venus te voir, dit Caroline d'un ton qu'elle voulait convaincant. Tu comprends, nous avons besoin d'une voiture. Nous ne pouvons pas emprunter celle de Diana. Si tu pouvais nous prêter la Mini... si vous pouviez, Iris et toi, vous en passer quelques jours... Vous ne l'utilisez pas beaucoup, et nous en prendrions le plus grand soin.

— Ma voiture ? Et que vais-je raconter à Diana quand elle va débouler ici, folle de rage, pour me poser une foule de questions embarrassantes ?

— Tu pourrais dire qu'elle est en révision. Ce n'est qu'un bien petit mensonge.

— Ce n'est pas seulement un mensonge, c'est tenter le sort. La voiture n'a pas été révisée depuis que je l'ai achetée, il y a sept ans. Imagine qu'elle tombe en panne.

— Nous en prenons le risque.

— Et l'argent ?

— J'en ai suffisamment.

— Et quand comptez-vous être de retour ?

— Jeudi, ou vendredi. Avec Angus.

— Tu es bien optimiste. Et s'il ne veut pas venir ?

— Nous n'en sommes pas encore là.

Caleb se leva, agité et indécis. Il alla à la fenêtre voir si Iris arrivait pour l'aider à se sortir de cet abominable dilemme. Mais elle n'était pas dans les parages. Devant trancher seul, il se rappela que c'étaient les enfants de son meilleur ami.

— Si j'accepte de vous donner un coup de main, dit-il en soupirant, c'est parce que j'estime qu'il est temps pour Angus de prendre ses responsabilités. Je pense qu'il devrait revenir.

Il se retourna vers eux.

— Mais je dois savoir où vous allez, et quand vous rentrerez.

— L'adresse est la suivante : The Strathcorrie Arms, Strathcorrie. Et si nous ne sommes pas de retour vendredi, tu pourras dire à Diana où nous sommes allés. Mais pas avant.

— Marché conclu.

Caleb avait la tête d'un homme qui s'apprêtait à se mettre la corde au cou.

Ils rédigèrent un télégramme pour Angus.

NOUS SERONS À STRATHCORRIE MARDI POUR DISCUTER D'UN IMPORTANT PROJET AVEC TOI. BAISERS. JODY ET CAROLINE.

Puis Jody écrivit une lettre destinée à Diana.

89

Neige en avril

Chère Diana,

J'ai reçu une lettre d'Angus, qui est en Ecosse. Nous sommes partis, Caroline et moi, à sa recherche. Nous essaierons de rentrer vendredi. Surtout, ne t'inquiète pas.

Jody

La lettre pour Hugh ne fut pas aussi facile à faire, et Caroline y passa plus d'une heure.

Très cher Hugh,

Comme Diana te l'aura sans doute dit, Jody a reçu des nouvelles d'Angus. Il est arrivé des Indes en bateau et travaille maintenant en Ecosse. Nous pensons tous les deux qu'il est important d'aller le voir avant le départ de Jody pour le Canada. Aussi, quand tu trouveras ma lettre, serons-nous en route pour l'Ecosse. J'aurais voulu discuter de cela avec toi, mais tu te serais empressé d'aller tout raconter à Diana, qui nous aurait alors empêchés de partir, et nous n'aurions jamais pu aller le voir. Or il est important qu'il sache ce qui se passe. Je sais que je suis impardonnable de partir ainsi sans te prévenir la semaine précédant notre mariage.

90

Mais si tout se passe bien, nous serons à la maison vendredi.

Avec tout mon amour,

Caroline

Le mardi matin, le sol était recouvert d'un tapis blanc moucheté. Si la neige, tombée en fines rafales durant les premières heures, avait cessé, le vent, en revanche, ne s'était nullement calmé. Le froid restait extrême et, à en juger par le ciel menaçant, couleur kaki, le temps risquait encore d'empirer.

Oliver Cairney jeta un coup d'œil par la fenêtre et estima que c'était un jour idéal pour essayer de mettre de l'ordre dans les affaires de Charles. Toutefois, son frère, efficace et méticuleux, avait soigneusement classé toute lettre et tout document relatifs à la marche de la ferme, et cette tâche, bien que douloureuse, fut plus facile qu'il ne l'avait pensé.

Mais il lui fallait aussi s'occuper des affaires personnelles : les lettres et invitations, un passeport périmé, les notes d'hôtel et les photos, son carnet d'adresses, son journal, le stylo à plume qu'on lui avait offert pour ses vingt et un ans, une facture du tailleur…

Neige en avril

Oliver se souvint d'un poème d'Alice Duer Miller que leur lisait leur mère :

Que faire des chaussures d'une femme
Après la mort de cette femme ?

S'armant de courage, il se mit à déchirer les lettres, à trier les photos, à jeter des morceaux de cire à cacheter, des bouts de ficelle, un cadenas cassé sans clef, une bouteille d'encre de Chine séchée. Lorsque l'horloge sonna onze heures, la corbeille à papier débordait ; il s'apprêtait à aller la vider quand il entendit claquer la porte d'entrée. A moitié en verre, elle produisit un son creux qui résonna dans le vestibule lambrissé. La corbeille à papier dans les bras, Oliver se dirigea vers l'entrée et se trouva nez à nez avec Liz Fraser, avançant dans le couloir à sa rencontre.

— Liz !

Elle portait un pantalon et un court manteau en fourrure, et était coiffée du même bonnet, rabattu sur ses oreilles, que le jour de l'enterrement. Comme il la regardait, elle l'enleva d'une main et passa l'autre dans ses courts cheveux bruns. Ce geste, qui trahissait une certaine nervosité, contrastait avec son apparence soignée. Un sourire éclairait son visage rosi par le froid. Il la trouva sensationnelle.

— Bonjour, Oliver.

Elle s'approcha de lui et se pencha par-dessus les monceaux de papier froissé pour l'embrasser sur la joue.

— Si tu ne tiens pas à me voir, dis-le, et je m'en vais tout de suite.

— Qui t'a dit que je ne voulais pas te voir ?

— Je pensais que peut-être...

— Eh bien, ne pense pas et entre. Je vais te faire un café. J'en prendrai volontiers moi-même une tasse avec toi, trop heureux d'avoir un peu de compagnie.

Il la conduisit vers la cuisine et, poussant des fesses la porte battante, la laissa passer devant lui, tout en jambes, sentant bon le grand air et le Chanel n° 5.

— Mets la bouilloire sur le feu, lui dit-il. Je vais me débarrasser de ça.

Traversant la cuisine, il sortit par la porte de derrière dans le froid mordant et réussit à vider la corbeille dans la poubelle sans que trop de papiers s'envolent ; puis il remit le couvercle en place et se dépêcha de rentrer, retrouvant avec plaisir la chaleur. Debout à l'évier, remplissant la bouilloire, Liz ne semblait pas à sa place.

— Mon Dieu, quel temps ! dit-il.

— J'en sais quelque chose. Je suis venue à pied de Rossie Hill et j'ai cru mourir de froid en chemin. On ne dirait pas que c'est le printemps.

Elle se dirigea vers le poêle, souleva la plaque en fonte et posa la bouilloire sur le rond. Puis elle se retourna pour s'y adosser. Ils se faisaient face maintenant, séparés par la longueur de la pièce. Ils parlèrent en même temps.

— Tu t'es fait couper les cheveux, remarqua Oliver.

— Je suis désolée pour Charles, commença Liz.

Ils s'arrêtèrent tous les deux pour laisser l'autre parler. Ce fut Liz qui, l'air embarrassé, rompit finalement le silence.

— Je les ai fait couper pour pouvoir me baigner. J'ai passé quelque temps à Antigua, chez une amie.

— Je voulais te remercier d'être venue hier.

— C'était... c'était la première fois que j'allais à un enterrement.

Ses yeux, maquillés à l'eye-liner et au mascara noirs, brillèrent soudain des larmes qu'elle n'avait encore pu verser. La coupe de cheveux, élégante, mettait son long cou en valeur et faisait ressortir les contours bien dessinés de son menton décidé, hérité de son père. Tandis qu'il la dévisageait, elle se mit à déboutonner son manteau de fourrure, montrant des mains bronzées aux ongles en forme d'amande peints d'un vernis rose pâle ; elle portait une grosse chevalière en or et, autour d'un de ses minces poignets, plusieurs bracelets en or.

— Liz, comme tu as grandi ! dit-il maladroitement.

— Bien sûr. J'ai vingt-deux ans maintenant. Tu l'avais oublié ?

— A quand remonte la dernière fois où je t'ai vue ?

— A cinq ans au moins.

— Qu'as-tu fait pendant tout ce temps ?

— J'ai vécu à Londres, puis à Paris. Chaque fois que je revenais à Rossie Hill, tu étais absent.

— Mais Charles était là.

— Oui, Charles était là.

Elle tripotait le couvercle de la bouilloire.

— En admettant qu'il ait remarqué que je

changeais, il n'a jamais fait aucune remarque à ce sujet.

— Bien sûr qu'il l'avait remarqué. Mais il avait du mal à exprimer ses sentiments. En tout cas, pour Charles tu as toujours été parfaite, même à quinze ans, avec tes nattes et tes jeans trop larges. Il attendait que tu grandisses.

— Je ne peux arriver à croire qu'il est mort.

— Jusqu'à hier, je n'y arrivais pas non plus. Je crois que je suis maintenant parvenu à l'accepter.

La bouilloire se mit à chanter. Il s'en fut prendre des tasses et un pot à café, et sortit du réfrigérateur une bouteille de lait.

— Papa m'a mise au courant de tes projets, déclara Liz.

— Tu veux parler de la vente de Cairney ?

— Comment peux-tu penser à une telle chose, Oliver ?

— Je n'ai pas d'autre choix.

— Tu veux vendre même la maison ?

— Que ferais-je de la maison ?

— Tu pourrais la conserver. L'utiliser pour les week-ends et les vacances, de façon à garder un pied à Cairney.

— Cela me semble une idée extravagante.

— Mais non.

Elle marqua un moment d'hésitation, puis poursuivit précipitamment :

— Quand tu seras marié et que tu auras des enfants, tu pourras les amener ici, et ils connaîtront les mêmes jeux merveilleux que nous. Courir comme des fous, construire des cabanes dans les arbres, monter sur des poneys…

— Qui t'a dit que j'allais me marier ?

— Papa m'a rapporté que tu ne te marierais que lorsque tu serais trop vieux pour mener une autre vie.

— Ton père te raconte beaucoup trop de choses.

— Ce qui veut dire ?

— Il s'est toujours comporté ainsi avec toi. Il cédait au moindre de tes caprices et te confiait tous ses secrets. Tu étais une enfant gâtée, le sais-tu ?

Les propos d'Oliver l'amusèrent.

— Tu cherches à me blesser ?

— Je ne sais pas comment tu t'en es tirée, fille unique adorée par des parents qui ne vivaient même pas ensemble. Et comme si cela ne suffisait pas, Charles, de son côté, s'est mis lui aussi à te pourrir.

— En tout cas, toi, tu ne m'as jamais pourrie, Oliver.

— J'étais plus sensé.

Il versa l'eau dans les tasses.

— Tu n'as jamais fait attention à moi. Tu m'envoyais toujours balader.

— C'était avant que tu deviennes la magnifique jeune fille que tu es aujourd'hui. A propos, je ne t'ai pas reconnue hier. Il a fallu que tu enlèves tes lunettes de soleil pour que je réalise que c'était toi. Ça m'a fait tout drôle.

— Est-ce que le café est prêt ?

— Oui. Viens donc le boire avant qu'il ne soit froid.

Ils s'assirent l'un en face de l'autre à la table de la cuisine. Liz tenait sa tasse entre ses deux mains comme pour se réchauffer les doigts. Elle avait un air provocateur.

— Nous parlions de ton mariage.

— Pas moi.

— Combien de temps comptes-tu rester à Cairney ?

— Jusqu'à ce que tout soit réglé. Et toi ?

Liz haussa les épaules.

— Je devrais être à Londres en ce moment. Ma mère et Parker y sont pour quelques jours.

J'ai appelé maman en arrivant de l'aéroport pour lui annoncer la mort de Charles. Elle a essayé de me convaincre de les y rejoindre, mais je lui ai expliqué que je voulais assister à l'enterrement.

— Tu ne m'as toujours pas dit combien de temps tu restais à Rossie Hill.

— Je n'en ai aucune idée, Oliver.

— Alors, reste encore un peu.

— C'est vraiment ce que tu souhaites ?

— Oui.

Ce point réglé, la tension entre eux se dissipa. Ils continuèrent à bavarder, oubliant le temps. Ce n'est que lorsque l'horloge de l'entrée sonna douze coups que Liz prit conscience de l'heure. Elle jeta un coup d'œil à sa montre.

— Mon Dieu, déjà midi ! Il faut que je parte.

— Pourquoi ?

— Papa m'attend pour déjeuner. Tu te souviens de ce curieux repas que les gens prennent à la mi-journée, ou ne *déjeunes*-tu jamais ?

— Jamais.

— Eh bien, accompagne-moi et tu partageras notre repas.

— Je te raccompagne, mais je ne resterai pas pour déjeuner.

— Pour quelle raison ?

— Parce que j'ai déjà perdu la matinée à bavarder avec toi, et qu'il me reste encore beaucoup à faire.

— Accepterais-tu alors de venir dîner ce soir ?

Il réfléchit à sa proposition et, pour diverses raisons, refusa.

— Je préférerais demain. Cela te conviendrait-il ?

Elle haussa les épaules, conciliante, avec une docilité toute féminine.

— Si tu veux.

— Vers huit heures ?

— Un peu plus tôt, si tu veux prendre l'apéritif.

— Très bien. Maintenant, mets ton chapeau et ton manteau, et je te reconduis chez toi.

Sa voiture, d'un vert sombre, était petite, basse et très rapide. Liz y monta et, les mains enfoncées dans les poches de son manteau, regarda défiler le morne paysage écossais, avec une conscience si aiguë de la présence de l'homme à ses côtés que c'en était une sensation presque douloureuse.

Il avait changé, et pourtant il était toujours le même. Il avait seulement vieilli. Son visage avait pris des rides et elle voyait au fond de ses yeux une expression qui lui fit penser qu'elle s'embarquait dans une aventure avec un parfait inconnu. Toutefois, elle le reconnaissait bien, désinvolte, refusant de s'engager, invulnérable.

Pour Liz, seul Oliver avait vraiment compté. Charles lui avait fourni un prétexte pour aller et venir à Cairney, et elle l'avait utilisé sans honte, car il ne cessait d'encourager ses visites, content à chaque fois de la voir. Mais c'était à cause d'Oliver qu'elle était partie.

Charles était un garçon ordinaire, filiforme, aux cheveux blond-roux, et couvert de taches de rousseur. Oliver était bien plus séduisant. Le gauche adolescent qu'avait été Charles avait fait preuve d'une patience infinie ; il avait pris le temps de lui apprendre à pêcher à la ligne, à jouer au tennis, le temps de l'accompagner à ses premières soirées dansantes, de lui enseigner le quadrille écossais. Malgré toutes ces attentions, Liz n'avait d'yeux que pour Oliver, et elle aurait tout donné pour pouvoir danser avec lui.

Evidemment, il ne l'avait jamais invitée. Il y avait toujours quelqu'un d'autre, quelque fille bizarre ou une amie venue de Londres. *Je l'ai rencontrée à l'université, à une fête, chez un tel ou un tel*. Au fil des années, nombreuses avaient été ses conquêtes. C'était devenu un sujet de plaisanterie pour les gens de la région, mais Liz ne trouvait pas ça drôle. Elle les observait à la dérobée et les détestait toutes, confectionnant en pensée des poupées de cire à leur image qu'elle transperçait d'épingles, en proie aux affres de la jalousie.

Quand les parents de Liz s'étaient séparés, c'était Charles qui lui avait écrit pour lui donner des nouvelles de Cairney, gardant le contact avec elle. Toutefois, c'était la photo d'Oliver, une petite photo gondolée qu'elle avait prise elle-même, qui restait logée en permanence dans la poche secrète de son portefeuille. Oliver, à présent assis à ses côtés.

Elle s'autorisa à jeter sur lui un bref coup d'œil. Ses mains posées sur le volant revêtu de cuir étaient longues et ses ongles, carrés. Près du pouce on pouvait voir une cicatrice, et elle se souvint qu'il s'était ouvert la main en s'accrochant aux fils de fer barbelé d'une clôture neuve. Le regard de Liz glissa le long de son bras, jusqu'au col remonté de sa canadienne, puis sur ses épais cheveux bruns. Se sentant observé, Oliver tourna la tête vers elle et lui sourit. Sous les sourcils sombres, ses yeux étaient aussi bleus que des véroniques.

— Eh bien, tu me reconnaîtras, la prochaine fois, dit-il sans obtenir de réaction de la part de la jeune fille.

Liz repensait à son arrivée à Prestwick, où son père l'attendait avec ces mots affreux : « Charles est mort. » Elle avait eu l'impression que le sol s'effondrait sous ses pieds et qu'elle regardait au fond d'un trou béant, incrédule. Puis, d'une voix faible, elle avait demandé :

« Et Oliver ?

— Oliver est à Cairney. Du moins il devrait être arrivé, à présent. Il est parti de Londres en voiture aujourd'hui. L'enterrement a lieu lundi… »

Oliver était à Cairney. Ce cher Charles, si doux, si patient, était mort, mais Oliver était vivant, et il se trouvait à Cairney ! Après tant d'années, elle allait enfin le revoir…

Pendant le trajet jusqu'à Rossie Hill, sa pensée ne l'avait pas quittée. *Je vais le voir. Demain, après-demain, et le surlendemain.*

Elle avait ensuite appelé sa mère à Londres pour lui annoncer la mort de Charles, et lorsque celle-ci avait essayé de la persuader de chasser sa tristesse et de la rejoindre à Londres, elle avait refusé en trouvant tout de suite une excuse : « Je dois rester. Papa... l'enterrement... », tout en sachant très bien, la joie dans l'âme, qu'elle ne restait que pour Oliver.

Et, comme par miracle, tout s'était passé à merveille. Elle avait su que ça marcherait entre eux dès le moment où, dans le cimetière, Oliver, sans raison apparente, s'était retourné pour poser son regard sur elle. Elle y avait lu d'abord de la surprise, puis de l'admiration. Oliver n'était plus en position de supériorité. Ils étaient désormais à égalité. Et... ce qui était triste, mais simplifiait considérablement les choses, elle n'avait plus à se préoccuper de Charles. Charles, brave et exaspérant, toujours là comme un bon vieux chien, attendant qu'on l'emmène promener.

Son sens du concret la projetant vers le futur, elle s'offrit le luxe d'une ou deux jolies images d'Epinal. Elles étaient si nettes que c'était comme si tout se trouvait déjà réglé. Un mariage à Cairney, peut-être dans une petite église, une cérémonie toute simple avec seulement quelques amis. Puis une lune de miel à... ? Antigua serait parfait. De retour à Londres, ils habiteraient dans l'appartement d'Oliver, en attendant de trouver autre chose. Et, idée géniale, elle convaincrait son père de lui offrir la maison de Cairney comme cadeau de mariage, et ainsi les suggestions qu'elle avait faites, d'un air détaché, à Oliver, le matin même, deviendraient réalité. Elle se voyait déjà passer avec lui dans cette maison de longs week-ends, des vacances d'été, y amenant leurs enfants et y organisant des fêtes…

— Tu es bien silencieuse tout d'un coup, remarqua Oliver.

Revenant brusquement sur terre, Liz s'aperçut qu'ils arrivaient. La voiture s'engagea dans l'allée bordée de hêtres. Malmenées par un vent cruel, les branches dénudées craquaient au-dessus de leur tête. Après un virage, où les pneus crissèrent sur le gravier, ils s'arrêtèrent devant la grande porte.

— Je rêvais. C'est tout. Merci de m'avoir raccompagnée.

— Merci d'être venue me remonter le moral.

— Tu viens toujours dîner demain ?

— J'attends avec impatience ce moment.

— Huit heures moins le quart ?

— Huit heures moins le quart.

105

Leurs sourires révélaient une satisfaction réciproque à la perspective de cette soirée. Il se pencha pour lui ouvrir la portière. Liz sortit de la voiture, gravit à toute vitesse les marches verglacées. S'abritant sous le porche, elle se retourna pour lui faire un signe de la main, mais Oliver avait déjà démarré et elle eut juste le temps de voir disparaître la voiture dans l'allée.

Dans la soirée, Liz fut tirée de sa baignoire par un appel téléphonique venant de Londres. Enveloppée dans une serviette de bain, elle s'en fut décrocher et reconnut la voix de sa mère au bout du fil.

— Elizabeth ?

— Bonjour, maman.

— Ma chérie, comment vas-tu ? Comment cela se passe-t-il ?

— Je vais bien. Tout va bien. C'est merveilleux.

La réponse joyeuse de sa fille déconcerta Elaine.

— Mais tu es allée à l'enterrement ?

— Oh oui, c'était affreux, très dur à supporter.

— Tu es sûre que tu ne veux pas venir à Londres ? Nous y sommes pour quelques jours encore…

— Pas tout de suite… répondit Liz avec une certaine hésitation.

Habituellement, quand il était question de sa vie privée, elle se refermait sur elle-même comme un coquillage. Elaine se plaignait constamment de ne jamais rien savoir. Mais, sous l'empire de l'excitation dans laquelle elle se trouvait, à la suite des événements de la journée et dans l'expectative de ceux du lendemain, Liz se sentit soudain plus communicative, et elle savait que, si elle ne parlait pas d'Oliver à quelqu'un, elle allait finir par craquer.

En veine de confidences, elle avoua :

— Oliver est ici en ce moment. Et il vient dîner demain soir à la maison.

— Oliver ? Oliver Cairney ?

— Oui, bien sûr, Oliver Cairney. Tu connais un autre Oliver ?

— Tu veux dire… qu'à cause d'Oliver…

— Oui. A cause d'Oliver, répéta Liz en éclatant de rire. Oh, maman, ne sois pas si obtuse !

— Mais j'ai toujours cru que c'était Ch…

— Eh bien, ce n'était pas lui, coupa Liz.

— Et qu'en pense Oliver ?

— Je crois qu'il n'est pas mécontent.

— Je ne sais que te dire…

Elaine semblait confuse.

— C'est la dernière chose à laquelle je m'attendais, mais si tu es heureuse...

— Oui, je le suis. Crois-moi, je n'ai jamais été aussi heureuse.

— Eh bien, tiens-moi au courant.

— Certainement.

— Et fais-moi savoir quand tu rentreras à Londres.

— Je reviendrai probablement en voiture avec Oliver, déclara Liz, déjà convaincue de la chose.

Elaine finit par raccrocher. Liz posa le récepteur, resserra la serviette sur elle et retourna se plonger dans son bain. Oliver. Oliver Cairney. Répétant inlassablement son nom, elle ouvrit le robinet d'eau chaude avec son orteil. Oliver.

Roulant en direction de l'Ecosse, Caroline et Jody avaient comme l'impression de remonter le temps. Le printemps était partout en retard, mais Londres, au moins, offrait quelques prémices de verdure. Dans les parcs, les arbres se couvraient de jeunes feuilles et l'on pouvait voir surgir les premiers crocus. Des jonquilles et des iris mauves apparaissaient aux étals des fleuristes, et les grands magasins exposaient déjà leurs alléchantes collections d'été, faisant rêver de vacances, de croisières, de ciel bleu et de soleil.

L'autoroute filait droit vers le nord, déroulant son ruban à travers des terres plates, de plus en plus grises et froides, apparemment stériles. Les routes étaient mouillées et sales. Chaque camion qui doublait la vieille voiture de Caleb – presque tous les véhicules la dépassaient – faisait gicler la boue sur le pare-brise, obligeant les essuie-glaces à fonctionner en permanence. Pour ajouter à leurs difficultés, aucune vitre ne semblait fermer correctement, et le chauffage était en panne ou bien avait besoin d'un réglage que ni Caroline ni Jody n'étaient capables d'effectuer. Toujours est-il qu'il ne marchait pas.

En dépit de tous ces problèmes, Jody était d'excellente humeur. Il lisait la carte, chantait, faisait des calculs compliqués pour déterminer leur moyenne (désespérément faible) et leur kilométrage.

« Nous avons fait un tiers du chemin. » « Nous avons fait la moitié du chemin. » Et puis :

— Dans huit kilomètres, nous serons à Scotch Corner. Je me demande pourquoi ça s'appelle comme ça, alors que ce n'est même pas en Ecosse.

— C'est peut-être parce que les gens s'y arrêtent pour boire un scotch.

Jody trouva cette réponse très drôle.

— Aucun d'entre nous n'a jamais été en Ecosse. Je me demande ce qu'Angus est venu y faire.

— Eh bien, nous lui poserons la question.

— Oui, dit Jody, réjoui à l'idée de revoir son frère.

Il se pencha vers son sac à dos qu'il avait prudemment rempli de nourriture, l'ouvrit et regarda à l'intérieur.

— Que veux-tu ? Il reste un sandwich au jambon, une pomme à l'air plutôt abîmé et des gâteaux au chocolat.

— Je ne veux rien. Je n'ai pas faim.

— Cela ne t'ennuie pas si je mange le sandwich au jambon ?

— Pas du tout.

Après Scotch Corner, ils prirent l'A68, la petite voiture se traînant péniblement sur la route qui traverse les mornes landes du Northumberland, passe par Otterburn et continue jusqu'à Carter Bar. Après une montée abrupte avec de nombreux virages en épingle à cheveux, ils franchirent le dernier col et, par-delà la borne kilométrique, aperçurent l'Ecosse qui se déployait à leurs pieds.

— Nous y sommes, dit Jody avec un ton d'intense satisfaction.

Mais Caroline ne semblait pas partager son enthousiasme. Elle regardait, inquiète, l'étendue grise et ondoyante du paysage, d'où émergeaient au loin des hauteurs recouvertes de neige.

— Tu ne crois pas qu'il va neiger ? demanda-t-elle avec une certaine appréhension.

— Oh non. Pas en cette période de l'année.

— Et ces collines là-bas ?

— C'est probablement la neige de cet hiver qui n'est pas encore fondue.

— Le ciel est terriblement sombre.

C'était bien vrai. Jody fronça les sourcils :

— C'est grave, s'il neige ?

— Je ne sais pas. Mais nous n'avons pas de pneus neige et je n'ai jamais conduit par très mauvais temps.

— Oh, ça va aller, répondit Jody au bout d'un moment, consultant à nouveau sa carte. Notre prochaine étape est Edimbourg.

Lorsqu'ils pénétrèrent dans la capitale écossaise, il faisait presque nuit et la ville était pailletée des lumières des réverbères.

Après s'être inévitablement perdus, ils finirent par rejoindre la rue à sens unique qui conduisait à l'autoroute de l'autre côté du Forth Bridge. Ils s'arrêtèrent pour faire le plein d'huile et d'essence. Caroline sortit se dérouiller les jambes tandis que le garagiste vérifiait l'eau puis s'attaquait au pare-brise sale avec une éponge humide. Tout en frottant, il examina avec curiosité la petite voiture usée, reportant bientôt son attention sur ses occupants :

— Vous venez de loin ?

— De Londres.

— Et vous allez où ?

— A Strathcorrie, dans le Perthshire.

— C'est une longue route.

— Nous le savons.

— Vous allez avoir un très sale temps.

Jody aimait sa façon de rouler les *r*. Un trrrès sale temps. Il l'imita à voix basse.

— Vraiment ?

— Oui. Je viens d'écouter le bulletin météorologique. Il va encore neiger. Soyez prudents. Vos pneus... dit-il en enfonçant le bout de sa botte, ne sont pas en très bon état.

— Ils tiendront le coup.

— Si jamais vous étiez coincés dans la neige,

112

souvenez-vous de cette règle d'or : ne jamais sortir de voiture.

— Nous nous en souviendrons.

Ils réglèrent le garagiste, le remercièrent et démarrèrent. Celui-ci regarda s'éloigner ces Anglais irresponsables en hochant la tête.

Le Forth Bridge surgit devant eux. Des avertisseurs lumineux signalaient VENTS FORTS. Ils s'acquittèrent au péage de la somme requise et, poursuivant leur chemin, franchirent le pont battu par les vents déchaînés. De l'autre côté, l'autoroute se dirigeait vers le nord ; le ciel était si sombre et orageux qu'au-delà du faisceau lumineux des phares il était impossible de distinguer quoi que ce soit.

— C'est tout de même malheureux d'être en Ecosse et de ne rien voir. On n'aperçoit même pas un kilt.

La plaisanterie ne réussit pas à dérider Caroline. Elle avait froid, elle était fatiguée, et le temps, avec la menace de la neige, l'inquiétait. Leur insouciante escapade tournait à la folle aventure.

A la sortie de Relkirk, la neige commença à tomber. Poussée par le vent, elle arrivait sur eux en longs filets d'un blanc éblouissant.

— On dirait des tirs de la DCA.

— La quoi ?

— La défense antiaérienne. Tu as bien vu des films de guerre, non ? On s'y croirait.

Tout d'abord, la neige ne se fixa pas sur la route. Puis, lorsqu'ils furent dans la montagne, elle devint plus épaisse, s'entassant dans les fossés et sur la chaussée, tombant par rafales comme des plumes d'oreiller volant dans l'air. Elle se plaquait sur le pare-brise et s'insinuait sous les essuie-glaces, qui cessèrent bientôt de fonctionner. Caroline s'arrêta et Jody sortit pour nettoyer les vitres avec un vieux gant. Il remonta dans la voiture, mouillé et tremblant de froid.

— J'en ai partout dans mes chaussures. Je suis gelé.

Ils redémarrèrent.

— Combien de kilomètres encore ?

La peur desséchait la gorge de Caroline, ses doigts s'agrippaient au volant. La région qu'ils traversaient à présent paraissait inhabitée. On n'apercevait pas une lumière, pas une voiture, pas même des traces de pneus dans la neige.

Jody alluma la torche et étudia la carte.

— Encore treize, je dirais. Nous ne sommes plus qu'à treize kilomètres de Strathcorrie.

— Et quelle heure est-il ?

Il regarda sa montre.

— Dix heures et demie.

Ils parvinrent bientôt en haut d'une côte, au-delà de laquelle la route redescendait, étroite, entre deux hauts talus. Caroline rétrograda. Comme ils prenaient de la vitesse, elle freina doucement, mais encore trop brusquement, car la voiture fit une embardée et dérapa. Pendant un terrible instant, elle sut qu'elle avait perdu le contrôle de son véhicule. Un des talus surgit devant eux, puis les roues avant butèrent contre la neige et la voiture cala. Tournant nerveusement la clef de contact, Caroline redémarra, parvint à redresser les roues et revint sur la route, où elle se mit à rouler à une allure d'escargot.

— C'est dangereux ? demanda Jody.

— Oui, je crois. Si seulement nous avions des pneus neige.

— Caleb n'en voudrait pour rien au monde, même s'il vivait en Arctique.

Ils étaient à présent dans un vallon encaissé et bordé d'arbres, longeant une gorge profonde, d'où leur parvenaient, par-dessus le bruit du vent, le murmure et le clapotement d'une rivière. Ils arrivèrent en vue d'un pont en dos d'âne, à pente raide et sans visibilité. Craignant de ne pouvoir la gravir, Caroline appuya sur l'accélérateur et s'aperçut, trop tard, que de l'autre côté la route tournait brusquement à droite. Devant eux se dressait la pâle silhouette d'un mur de pierre.

Elle entendit Jody pousser un cri. Elle tourna désespérément le volant, mais en vain. La petite voiture, comme mue par une volonté propre, fonça droit sur le mur et plongea soudain la tête la première dans un profond fossé, rempli de neige. Le moteur cala aussitôt et la voiture se retrouva de travers, les roues arrière toujours sur la route, mais les phares et l'avant enfouis dans la neige.

Il faisait noir au-dehors. Caroline éteignit les phares et coupa le contact. En tremblant, elle se tourna vers Jody.

— Ça va ?

— Je me suis légèrement cogné la tête, c'est tout.

— Je suis désolée.

— C'est pas ta faute.

— Nous aurions peut-être dû nous arrêter à Relkirk.

116

Jody cherchait à percer l'obscurité.

— Je crois que c'est du blizzard, dit-il bravement. Je n'ai jamais vu de blizzard. Je sortirais bien, mais le garagiste nous a dit de ne pas bouger de la voiture.

— Nous ne pouvons pas rester là. Il fait bien trop froid. Attends-moi ici, je vais jeter un coup d'œil aux alentours.

— Ne te perds pas.

— Donne-moi la torche.

Elle boutonna son manteau et sortit de la voiture avec précaution, tombant à genoux dans la neige, puis se hissa jusqu'à la route. L'air était humide et glacial, et même avec la torche pour la guider elle avait du mal à trouver son chemin, aveuglée par la neige.

Elle fit quelques pas sur la route, braquant sa lampe sur le mur en pierre qui avait causé leur perte. Il s'étendait sur environ dix mètres, puis s'incurvait vers l'intérieur comme pour former une entrée. Caroline le longea et arriva devant un portail en bois, qui se trouvait être ouvert. Elle distingua un panneau. Mettant les mains devant ses yeux pour se protéger de la neige et levant la torche, elle lut, non sans difficulté : CAIRNEY. PROPRIÉTÉ PRIVÉE.

Elle éteignit la torche et scruta les ténèbres par-delà le portail. Elle devina une allée bordée d'arbres, dans les branches desquels elle entendait le vent rugir, puis, au milieu des flocons tourbillonnants, elle aperçut au loin une lumière.

Elle revint sur ses pas, pataugeant dans la neige, se dépêchant de rejoindre Jody. Elle ouvrit la portière de la voiture.

— Nous avons de la chance.

— Comment ça ?

— Le mur, là, c'est celui d'une ferme ou d'une propriété quelconque. Il y a une sorte d'entrée, un portail et une allée. Et j'ai vu aussi de la lumière, à moins d'un kilomètre.

— Mais le garagiste nous a dit de rester dans la voiture.

— Si nous restons là, nous allons mourir de froid. Allez, viens, la neige est épaisse, mais on peut y arriver. On ne devrait pas mettre trop longtemps. Laisse le sac à dos, nous prendrons seulement nos autres sacs. Et boutonne ta veste. Il fait froid et nous allons être mouillés.

Obéissant à sa sœur, Jody se dégagea de la voiture bizarrement inclinée. Caroline savait que l'important était de ne pas perdre de temps.

118

Vêtus pour la douceur d'un printemps à Londres, ils n'étaient ni l'un ni l'autre, avec leurs jeans et leurs chaussures fines, équipés pour ces conditions arctiques. Caroline avait une veste en cuir et un foulard en coton à nouer sur ses cheveux, mais l'anorak bleu de Jody était parfaitement inadéquat, et il n'avait rien sur le crâne.

— Tu veux le foulard pour te couvrir la tête ?

Le vent lui arrachait les mots de la bouche.

— Certainement pas, répondit Jody, furieux.

— Tu peux porter ton sac ?

— Oui, bien sûr.

Elle ferma la portière. La voiture était déjà couverte d'une épaisse couche de neige qui estompait ses contours. Bientôt elle serait complètement ensevelie.

— Tu n'as pas peur que quelqu'un entre dedans ?

— Je crois qu'il n'y a pas grand risque. Et de toute manière nous n'y pouvons rien. Si nous laissons un phare allumé, il sera recouvert par la neige.

Elle lui prit la main.

— Allez, en route. Trêve de bavardage, il faut vraiment nous dépêcher.

Elle le conduisit jusqu'au portail, en suivant ses propres empreintes. Au-delà l'obscurité s'étendait comme un noir tunnel où miroitait la neige. Mais on pouvait apercevoir la lumière, pas plus grosse qu'une tête d'épingle. Main dans la main, la tête courbée sous les rafales de vent, ils se mirent à marcher dans sa direction.

Ce fut une équipée terrifiante. Tous les éléments étaient contre eux. Ils ne tardèrent pas à être trempés jusqu'aux os et transis. Leurs sacs, qui, au départ, leur avaient semblé si légers, s'alourdissaient à chaque pas. La neige tombait en cascade sur leurs épaules, humide, gluante, collante comme de la pâte. Au-dessus de leur tête, les branches arquées des arbres dépourvus de feuilles frémissaient et grinçaient sinistrement, fouettées par le vent. De temps à autre leur parvenait le craquement d'une branche qui se brisait, suivi du fracas de sa chute.

Jody essaya de parler :

— J'espère…

Ses lèvres étaient gelées, il claquait des dents, mais les mots réussirent à sortir de sa bouche.

— J'espère qu'aucun arbre ne va nous tomber dessus.

— Moi aussi.

— Dire que mon anorak est censé être imperméable, se plaignit-il. Je suis totalement trempé.

— C'est du blizzard, Jody, pas une simple averse.

La lumière brillait toujours, peut-être un peu plus lumineuse, et plus proche, mais Caroline avait le sentiment de marcher depuis une éternité. C'était comme dans un cauchemar, un voyage interminable à la poursuite d'un feu follet, toujours hors de portée. Elle commençait à abandonner l'espoir d'arriver quelque part lorsque les ténèbres devinrent moins denses, le craquement des branches se fit entendre dans leur dos, et elle comprit qu'ils avaient atteint le bout de l'allée. A cet instant, la lumière disparut derrière une masse sombre qui était sans doute un massif de rhododendrons. Mais, comme ils le contournaient, elle réapparut, tout près maintenant. Poursuivant leur chemin, ils trébuchèrent contre le rebord d'un talus. Jody faillit tomber et Caroline l'aida à se redresser.

— Tout va bien. Nous sommes sur une pelouse. Peut-être dans un jardin.

— Continuons, parvint tout juste à dire Jody.

La lumière était à présent bien réelle, brillant

derrière une fenêtre sans rideaux au premier étage. Traversant une sorte d'esplanade, ils se dirigèrent vers la maison. Elle se dressait devant eux, ses contours estompés par la neige ; ils aperçurent alors d'autres lumières, faibles lueurs derrière les rideaux tirés des pièces du bas.

— C'est une grande maison, murmura Jody.

— Tant mieux. Il y aura de la place pour nous, dit Caroline sans savoir si Jody l'avait entendue.

Elle lui lâcha la main et fouilla dans sa poche, les doigts engourdis par le froid, à la recherche de la torche. Elle l'alluma, et le pâle rayon fit apparaître des marches en pierre, tapissées de neige, conduisant au sombre renfoncement d'un porche carré.

Les marches gravies, ils se trouvèrent à l'abri de la neige. Le faisceau lumineux parcourut les panneaux de la porte et s'arrêta sur une sonnette. Caroline posa son sac et tira la lourde poignée, sans résultat. Elle fit une nouvelle tentative, mettant plus de force dans son bras ; cette fois, une sonnerie au timbre creux retentit à l'arrière de la maison.

— En tout cas, ça marche.

Elle se tourna vers Jody et, projetant par inad-

vertance le rayon sur son visage, elle vit combien il était mal en point, livide, les cheveux
plaqués sur le crâne, claquant des dents. Elle
éteignit sa torche et serra son frère contre elle.

— Ça va aller.

— J'espère, articula Jody d'une voix trem-
blante tant il était à bout de nerfs. J'espère
qu'on ne va pas voir, comme dans les films
d'horreur, surgir un sinistre majordome qui
dira : « Vous avez sonné, monsieur ? »

Caroline le souhaitait également. Elle s'apprêtait à sonner de nouveau quand elle entendit
des bruits de pas. Un chien aboya et une voix
grave essaya de le faire taire. Des lumières apparurent aux étroites fenêtres situées de chaque
côté de l'entrée, puis la porte s'ouvrit. Un
homme se tenait légèrement en retrait dans le
vestibule, un labrador jaune, grondant, sur les
talons.

— Du calme, Lisa, dit-il au chien avant de
lever les yeux. Oui ?

Caroline ouvrit la bouche, mais ne trouva
rien à dire. Elle se contenta de rester immobile,
un bras autour de Jody, et c'était peut-être la
meilleure chose à faire, car, sans proférer un
mot de plus, l'homme s'était précipité pour

ramasser son sac et l'entraînait avec son frère à l'intérieur, puis la grande porte se referma sur la nuit glaciale.

Le cauchemar était terminé. Il faisait bon dans la maison. Ils étaient sauvés.

4

Dans sa stupéfaction, ce qui frappait le plus Oliver était l'extrême jeunesse de ses visiteurs. Que faisaient ces enfants dehors, à onze heures et demie du soir, par un temps pareil ? D'où venaient-ils avec leurs petits sacs contenant juste des affaires pour la nuit ? Et où pouvaient-ils bien aller ? Les questions s'accumulaient dans son esprit, mais il décida de les garder pour plus tard. Le plus important pour le moment était de leur faire enlever leurs vêtements et de leur faire couler un bon bain chaud avant qu'ils ne meurent de froid.

— Venez vite, dit-il sans exiger la moindre explication, en se dirigeant vers l'escalier, dont il monta les marches deux par deux.

Au bout d'un instant, il entendit leurs pas

derrière lui, tandis qu'ils s'efforçaient de le suivre. Son esprit fonctionnait à toute vitesse. Il y avait deux salles de bains. Il entra dans la première, alluma la lumière, mit la bonde dans la baignoire et tourna le robinet d'eau chaude. Dieu merci, l'un des rares appareils marchant correctement dans cette vieille maison était le chauffe-eau : presque aussitôt se formèrent de réconfortants nuages de vapeur.

— Allez-y, dit-il à la jeune fille. Entrez dans ce bain le plus vite possible et restez-y jusqu'à ce que vous soyez réchauffée. Toi...

Il prit par le bras le petit garçon, paralysé par le froid de ses vêtements trempés.

— Viens par là.

Il l'entraîna dans le long couloir qui menait à la salle de bains de la vieille nursery. Elle n'avait pas été utilisée depuis longtemps, mais la chaleur de l'eau passant dans les canalisations y avait maintenu une température agréable. Il tira le rideau décoré de personnages de Beatrix Potter et tourna les robinets.

L'enfant s'était attaqué aux boutons de sa veste.

— Ça va aller ?

— Oui, merci.

— Je reviens dans un moment.

— D'accord.

Il sortit de la pièce, laissant le jeune garçon se débrouiller tout seul. Il resta un moment devant la porte, se demandant ce qu'il fallait faire maintenant. Il tombait sous le sens, vu l'heure, qu'ils passeraient la nuit là ; aussi se rendit-il dans la chambre d'amis, à l'autre bout du couloir. Il y faisait un froid de loup, et il ferma les épais rideaux, alluma les deux barres du chauffage électrique et défit le couvre-lit, soulagé de voir que Mme Cooper avait fait le grand lit, qui plus est avec les plus beaux draps en lin de la maison et des taies d'oreiller brodées. La chambre communiquait avec une autre pièce, plus petite, autrefois utilisée comme vestiaire, qui contenait un petit lit, également prêt à accueillir quelqu'un, malgré la basse température. Après avoir, là aussi, tiré les rideaux et allumé le chauffage électrique, il redescendit, ramassa les deux petits sacs abandonnés dans le vestibule et les porta dans la bibliothèque. Le feu mourait. Il s'apprêtait en effet à aller se coucher lorsqu'il avait entendu la sonnette. Il ranima les flammes, entassant des bûches dans la cheminée, puis plaça un pare-feu de cuivre devant les étincelles crépitantes.

Il fit glisser la fermeture éclair d'un des sacs et en sortit un pyjama à rayures blanches et bleues, des pantoufles et une robe de chambre en laine grise. Tout était légèrement humide. Telle une nurse consciencieuse, il disposa les vêtements sur le pare-feu pour les faire sécher. Dans l'autre sac, il ne trouva rien d'aussi pratique, mais des flacons, des pots de crème, une brosse à cheveux, un peigne, des mules dorées, et enfin une chemise de nuit avec un déshabillé assorti, bleu pâle, très léger, tout à fait superflu. Oliver étendit la chemise de nuit à côté du pyjama, la trouvant sexy à souhait, mais il ne s'accorda pas même le temps d'un sourire, fonçant déjà dans la cuisine pour chercher de quoi sustenter ses visiteurs.

Mme Cooper lui avait préparé pour son dîner un bouillon de viande et de légumes écossais, et il en restait la moitié. Il le mit à réchauffer sur le poêle puis, se souvenant que les petits garçons n'aimaient pas forcément le bouillon, il ouvrit une boîte de soupe à la tomate et la versa dans une autre casserole. Il sortit un plateau, y disposa des tranches de pain beurré, quelques pommes et une cruche de lait. Il contempla un instant ce repas simple, et y ajouta une bouteille de whisky (pour lui-même à défaut de quelqu'un d'autre), un siphon d'eau de Seltz et trois verres. Puis il fit bouillir de l'eau dans la grande bouilloire et partit à la recherche de bouillottes, qu'il découvrit dans un tiroir insoupçonné. Après les avoir remplies et calées sous son bras, il s'en fut ramasser le pyjama et la chemise de nuit qui à présent étaient secs et tièdes comme s'ils venaient d'être repassés, et monta le tout dans la chambre d'amis. Il plaça une bouillotte dans chacun des lits, courut dans sa chambre, sortit d'un tiroir un pull en shetland et prit la robe de chambre accrochée derrière la porte, ainsi que quelques serviettes.

Du poing, il tambourina à la porte de la salle de bains.

— Comment vous sentez-vous ?

— J'ai chaud. C'est merveilleux.

— Je vous mets une serviette et des vêtements dehors. Ne vous habillez que lorsque vous serez vraiment requinquée.

— Très bien.

Il ouvrit la porte de l'autre salle de bains sans se donner la peine de frapper, et entra. Allongé dans l'eau profonde, le petit garçon bougeait les jambes. Il leva les yeux vers Oliver sans paraître gêné de son irruption.

— Ça va mieux ?

— Beaucoup mieux, merci. Je n'ai jamais eu aussi froid de ma vie.

Oliver prit une chaise et s'y installa.

— Que s'est-il passé ?

Le garçon s'assit dans la baignoire. Oliver vit les taches de rousseur qui recouvraient son dos, descendaient le long de ses bras et éclaboussaient tout son visage. Ses cheveux cuivrés, dont la couleur rappelait celle des feuilles de hêtre en automne, étaient mouillés et ébouriffés.

— La voiture est tombée dans un fossé, dit-il.

— Dans la neige ?

— Oui. Nous avons traversé le petit pont, mais nous ne pouvions pas savoir que la route tournait aussi vite. On ne voyait rien avec cette neige.

— C'est un endroit dangereux, même dans de meilleures conditions. Qu'est-il arrivé à la voiture ?

— Nous l'avons laissée.

— Où alliez-vous ?

— A Strathcorrie.

— Et d'où venez-vous ?

— De Londres.

— *Londres ?*

Oliver ne put cacher sa stupéfaction.

— De Londres ? Aujourd'hui ?

— Oui. Nous sommes partis tôt ce matin.

— Et la jeune fille, c'est ta sœur ?

— Oui.

— C'est elle qui conduisait ?

— Oui, elle a conduit pendant tout le trajet.

— Vous n'étiez que tous les deux ?

Le petit garçon prit un air digne.

— Oui, et nous étions très bien comme ça.

— Je n'en doute pas, dit Oliver sans vouloir le contrarier. Seulement ta sœur me paraît un peu jeune pour tenir un volant.

— Elle a vingt ans.

— En ce cas, elle est effectivement assez âgée pour conduire.

Un court silence s'ensuivit. Jody prit une éponge, qu'il pressa soigneusement, et s'en tamponna le visage, écartant de son front une houppe de cheveux mouillés.

— Je suis réchauffé, maintenant, dit-il, émergeant de derrière l'éponge. Je crois que je vais sortir.

— Alors, dehors.

Oliver déplia la serviette et en enveloppa le jeune garçon, qui avait sauté sur le tapis de bain.

131

Jody lui fit face, le regardant dans les yeux. Oliver le frictionna avec la serviette.

— Comment t'appelles-tu ? demanda-t-il.

— Jody.

— Jody comment ?

— Jody Cliburn.

— Et ta sœur ?

— C'est Caroline.

Avec une extrémité de la serviette, Oliver lui frotta la tête.

— Vous avez une raison particulière d'aller à Strathcorrie ?

— Mon frère y vit.

— Et il s'appelle Cliburn, lui aussi ?

— Oui. Angus Cliburn.

— Est-il possible que je le connaisse ?

— Je ne pense pas. Il n'est là que depuis peu de temps. Il travaille dans un hôtel.

— Je vois.

— Il va s'inquiéter.

— Pourquoi ?

Oliver tendit à Jody le pyjama.

— C'est tout chaud.

— Je l'ai placé devant le feu. Pourquoi ton frère va-t-il s'inquiéter ?

— Nous lui avons envoyé un télégramme. Il nous attend certainement. Et nous ne sommes pas encore arrivés.

— Il attribuera votre retard au blizzard.

— Nous ne pensions pas qu'il neigerait. A Londres, les crocus sont en fleur et il y a des bourgeons sur les arbres.

— Ici, c'est le grand Nord, mon garçon. On ne peut jamais être certain du temps.

— Je n'avais jamais été Ecosse, dit Jody en enfilant son pantalon, dont il serra le cordon autour de sa taille. Caroline non plus.

— C'est pas de veine, ce qui vous arrive.

— C'était plutôt excitant, à vrai dire. Une véritable aventure.

— Les aventures sont une bonne chose quand elles se terminent bien. Mais elles ne sont pas drôles lorsqu'elles n'ont pas de fin. Je pense que vous vous en êtes bien tirés.

— Nous avons eu de la chance de vous trouver.

— Je veux bien le croire.

— C'est votre maison ?

— Oui.

— Vous vivez là tout seul ?

— Pour l'instant.

133

— Quel est son nom ?

— Cairney.

— Et le vôtre ?

— Cairney également. Oliver Cairney.

— Ça alors !

— Amusant, non ? dit Oliver avec un sourire. A présent, si tu es prêt, nous allons rejoindre ta sœur, et nous irons chercher quelque chose à manger.

Il ouvrit la porte.

— A propos, que préfères-tu : du bouillon ou de la soupe à la tomate ?

— De la soupe à la tomate, si c'est possible.

— C'est bien ce que je pensais.

Dans le couloir, ils rencontrèrent Caroline qui sortait de l'autre salle de bains, nageant dans la robe de chambre d'Oliver. Elle lui parut encore plus petite et plus mince qu'au premier abord. Ses longs cheveux étaient mouillés et le col montant de son pull-over semblait soutenir son cou fragile.

— Je me sens revivre, merci infiniment.

— A présent, que diriez-vous d'un petit souper ?

— Je crains que nous ne soyons de sacrés empoisonneurs.

— Ce qui m'empoisonnerait, c'est que vous tombiez malades et que je sois obligé de vous soigner.

Il descendit l'escalier et entendit Jody, derrière lui, annoncer à sa sœur avec la plus grande satisfaction :

— Il a dit qu'il y avait de la soupe à la tomate.

Oliver s'arrêta devant la porte de la cuisine.

— La bibliothèque est là-bas au bout. Allez m'y attendre. Je vous y rejoins avec votre souper. Rajoutez des bûches dans la cheminée, de façon à maintenir une bonne flambée.

La soupe bouillait doucement. Il en remplit deux bols, qu'il posa sur le plateau déjà bien chargé, et emporta le tout à la bibliothèque. Jody était assis sur un tabouret bas, et sa sœur, agenouillée sur le tapis du foyer, essayait de se sécher les cheveux.

Lisa, la chienne de Charles, était allongée entre eux, la tête sur les genoux de Jody. Le petit garçon lui caressait les oreilles. Il leva les yeux vers Oliver qui entrait.

— Comment s'appelle le chien ?

— Lisa. C'est une chienne. Elle vous a pris en amitié ?

— Je crois.

— Habituellement, elle n'adopte pas les gens aussi vite. Vous avez un chien ?

Il posa le plateau sur une table basse, poussant quelques magazines et vieux journaux pour faire de la place.

— Elle est à vous ? demanda Jody

— Pour le moment. Tu as un chien ?

— Non.

Il y avait une telle tristesse dans la voix du garçon qu'Oliver préféra changer de sujet de conversation.

— Mangez votre soupe avant qu'elle soit froide.

Comme ils commençaient leur repas, il enleva le pare-feu, rajouta une bûche, se servit un whisky avec du soda et s'installa dans le vieux fauteuil avachi près du foyer.

Ils mangèrent en silence. Jody eut vite fait de finir sa soupe et de manger toutes les tartines beurrées, puis il but deux verres de lait avant de s'attaquer aux pommes. Après avoir pris seulement un peu de bouillon, sa sœur posa sa cuillère comme si elle n'en voulait plus.

— Ce n'est pas bon ? demanda Oliver.

— C'est délicieux. Mais je ne peux rien avaler de plus.

— Vous n'avez pas faim ? Vous devriez pourtant être affamée.

— Elle n'a jamais faim, dit Jody, mettant son grain de sel.

— Vous voulez peut-être boire quelque chose ?

— Non, merci.

Le sujet fut clos.

— Votre frère et moi avons eu une petite conversation, pendant qu'il prenait son bain. Vous êtes Jody et Caroline Cliburn, n'est-ce pas ?

— Oui.

— Je m'appelle Oliver Cairney. Il vous l'a dit ?

— Il vient de me l'apprendre.

— Vous venez de Londres ?

— En effet.

— Et vous êtes tombés dans un fossé, non loin de l'entrée de ma propriété.

— C'est exact.

— Je sais également que vous allez à Strathcorrie.

— Nous allons voir notre frère. Il travaille dans un hôtel là-bas.

—- Il vous attend ?

137

— Nous lui avons envoyé un télégramme. Il se demande certainement ce qui nous est arrivé.

Oliver regarda sa montre.

— Il est presque minuit. Si vous voulez, je peux essayer de le joindre par téléphone. Il doit bien y avoir un veilleur de nuit.

Elle eut l'air reconnaissante.

— Cela ne vous dérange pas ?

— Je peux toujours essayer.

Mais il n'y avait pas de tonalité.

— Les lignes ont dû être arrachées par la tempête.

— Qu'allons-nous faire ?

— Vous n'avez pas d'autre possibilité que de rester ici.

— Mais Angus…

— Comme je l'ai dit à Jody, il se doutera bien que vous n'avez pu continuer à cause de la neige.

— Et demain ?

— Si la route n'est pas bloquée, nous trouverons bien un moyen d'aller à Strathcorrie. J'ai une Land Rover. Dans le pire des cas, nous pourrions l'utiliser.

— Et si la route est bloquée ?

— On s'en inquiétera le moment venu.

— C'est que… nous n'avons pas beaucoup de temps. Nous devons être de retour à Londres vendredi.

Oliver contempla son verre, le balançant doucement dans sa main.

— Faut-il avertir quelqu'un à Londres que vous êtes sains et saufs ?

Jody lança un regard à sa sœur.

— Le téléphone ne marche pas, répondit-elle au bout d'un instant.

— Mais lorsqu'il sera rétabli ?

— Non. Il n'y a personne à prévenir, déclara-t-elle.

Il était sûr qu'elle mentait. Il la dévisagea, détaillant les hautes pommettes, le petit nez écrasé, la large bouche. Elle avait des cernes noirs sous les yeux, et ses cheveux d'un blond pâle et fins comme de la soie tombaient sur ses épaules. Leurs regards se rencontrèrent un instant, puis elle détourna le sien. Oliver décida de ne pas insister.

— Je me posais la question, c'est tout, dit Oliver avec douceur.

Le lendemain matin, lorsque Caroline se réveilla, la lumière du jour se reflétait sur le plafond blanc de la grande chambre. Elle resta un moment à somnoler, nichée dans le lin et le duvet d'oie, puis entendit un aboiement de chien et le bruit d'un tracteur qui approchait. Consultant sa montre, elle s'aperçut qu'il était déjà neuf heures et demie. Elle se leva, se dirigea pieds nus vers la fenêtre, et, tirant les rideaux roses, fut assaillie par une explosion de lumière, si éblouissante qu'elle cligna des yeux.

L'univers entier était blanc, le ciel, limpide et bleu comme un œuf de rouge-gorge. Des ombres s'allongeaient, telles des meurtrissures, sur le sol étincelant. La neige adoucissait et arrondissait tous les angles. Elle s'étendait sur toute la longueur des branches des pins et coiffait d'un chapeau blanc le sommet des poteaux de la palissade. Caroline ouvrit la fenêtre et s'y pencha. L'air, vif et odorant, était aussi stimulant qu'un verre de vin glacé.

Se souvenant du cauchemar de la nuit précédente, elle essaya de se repérer. Devant la maison se trouvait une sorte d'esplanade, probablement une pelouse, entourée par une allée qui se poursuivait jusqu'à la crête d'une colline. Elle reconnut le long chemin dont Jody et elle avaient eu tant de mal à venir à bout. Au loin, dans les plis des prés pentus, la grande route serpentait entre des murets de pierres sèches. Une voiture avançait, très lentement.

Le tracteur qu'elle avait entendu remontait l'allée. Elle le vit surgir derrière un large massif de rhododendrons, faire le tour de la pelouse, puis disparaître derrière la maison.

Il faisait trop froid pour sortir. Elle se recula et ferma la fenêtre. Pensant à Jody, elle s'en fut ouvrir la porte de sa chambre.

La pièce était sombre et silencieuse, à l'exception du bruit de sa respiration. Il dormait profondément. Elle tira la porte et chercha de quoi s'habiller. Elle ne trouva que le pull et la robe de chambre que lui avait prêtés Oliver. Ainsi vêtue, elle s'engagea nu-pieds dans le couloir, dans l'espoir de rencontrer quelqu'un susceptible de l'aider.

Elle s'aperçut alors que la maison était immense. Le couloir débouchait sur un large palier, couvert de tapis et meublé d'une commode en noyer, de chaises et d'une table, où était posée une pile de chemises propres, soigneusement repassées. Du haut de l'escalier, elle distingua des bruits de conversation. Elle descendit et, suivant les voix, elle se retrouva devant la porte de ce qu'elle supposa être la cuisine. Elle la poussa et les deux personnes à l'intérieur s'arrêtèrent aussitôt de parler pour se tourner vers elle.

Oliver Cairney, en épais chandail beige, était assis à la table, une tasse à la main. Son interlocutrice, une femme d'une cinquantaine d'années aux cheveux gris, épluchait des pommes de terre à l'évier, les manches remontées, un tablier à fleurs noué dans le dos. Il faisait chaud dans la pièce et il s'en dégageait une bonne odeur de pain en train de cuire.

— Excusez-moi, dit Caroline, ayant l'impression d'être une intruse.

Oliver, qui s'était figé, posa sa tasse et se leva.

— Vous n'avez pas à vous excuser. Je ne pensais pas vous voir émerger avant midi.

— Jody dort encore.

— Je vous présente Mme Cooper. Madame Cooper, voici Caroline Cliburn. Je racontais à Mme Cooper ce qui vous était arrivé.

— Quelle nuit terrible, y a pas à dire, déclara cette dernière. Toutes les lignes téléphoniques ont été arrachées.

Caroline regarda Oliver.

— Ce qui veut dire que le téléphone ne fonctionne toujours pas ?

— En effet, et il ne sera pas rétabli avant un certain temps. Prenez donc une tasse de thé. Que voulez-vous pour votre déjeuner ? Des œufs au bacon ?

Elle ne voulut rien manger.

— Mais je boirais volontiers un peu de thé.

Elle s'assit à la table, sur la chaise que lui avait avancée Oliver.

— Sommes-nous bloqués par la neige ?

— Partiellement. La route de Strathcorrie est en effet coupée, mais il est possible d'aller à Relkirk.

Le cœur de Caroline se serra.

— Et... la voiture ? demanda-t-elle avec peine.

— Cooper est allé là-bas avec le tracteur.

— Un tracteur rouge ?

— Oui.

— Je l'ai vu remonter l'allée.

— Dans ce cas, il sera ici d'un moment à l'autre pour nous dire ce qu'il en est.

Il sortit une tasse et une soucoupe et, prenant la théière brune infusant sur le poêle, servit Caroline. Le thé était très fort, mais également très chaud, et Caroline le but avec reconnaissance.

— Je ne trouve pas mes vêtements, dit-elle.

— C'est ma faute, répondit Mme Cooper. Je les ai mis à sécher. Ils devraient être prêts maintenant. Mais, ma foi, vous avez dû vous faire sacrément saucer, tous les deux.

— Ils étaient trempés jusqu'aux os. On aurait dit deux rats en train de se noyer.

Quand Caroline, ayant récupéré ses vêtements, regagna, tout habillée, la cuisine, M. Cooper était de retour, avec des nouvelles de la voiture accidentée. Il parlait avec un si fort accent écossais que Caroline avait du mal à comprendre ce qu'il disait.

— Ouais, je l'ai ben r'trouvée, mais le moteur donne point signe de vie.

— Et pourquoi ?

— Selon moi, il est complètement gelé.

Oliver regarda Caroline.

— Vous n'aviez donc pas d'antigel ?

Caroline eut un regard ébahi.

— De l'antigel ?

— De l'antigel, répéta Oliver. Vous ne savez peut-être pas ce que c'est ?

Elle secoua la tête et il se tourna vers Cooper.

— Vous avez probablement raison. Le radiateur a certainement gelé.

— J'aurais dû mettre de l'antigel ?

— Oui, répondit Oliver, cela aurait été préférable.

— Je ne savais pas. Vous comprenez, ce n'est pas ma voiture.

— Vous l'avez peut-être volée ?

Mme Cooper émit un petit sifflement désapprobateur. Caroline ignorait si sa désapprobation s'adressait à Oliver ou à elle.

— Bien sûr que non, affirma-t-elle d'un ton de dignité offensée. On nous l'a prêtée.

— Je vois. Volée ou prêtée, je propose que nous allions y jeter un coup d'œil.

— Bien, dit Cooper, remettant, de sa grosse main rouge, son vieux bonnet sur sa tête avant de se diriger vers la porte. Si vous prenez la Land Rover, je vais essayer de trouver une corde et peut-être le jeune Geordie voudra bien nous donner un coup de main. On va voir si on peut la sortir du fossé.

Lorsqu'il fut parti, Oliver regarda Caroline.

— Vous venez ?

— Oui.

— Vous avez besoin de bottes.

145

— Je n'en ai pas.

— Je vais vous en trouver.

Elle le suivit dans la vieille buanderie qui servait à présent de remise et où étaient rangés les imperméables, les bottes en caoutchouc, les paniers pour chien, une ou deux bicyclettes rouillées et une machine à laver toute neuve. Après quelques recherches, Oliver brandit une paire de bottes en caoutchouc, à peu près de la pointure de Caroline, ainsi qu'un ciré noir. Caroline mit les bottes et le ciré, libéra les cheveux de son col, puis, ainsi équipée, elle lui emboîta le pas dans la vive lumière matinale.

— Neige en hiver, soleil au printemps, déclara Oliver avec optimisme, tandis qu'ils se dirigeaient, foulant la neige vierge, vers les portes closes du garage.

— La neige va rester ?

— Probablement pas. Mais il faudra un moment avant qu'elle fonde. Il en est tombé vingt-trois centimètres, la nuit dernière.

— A Londres, c'était le printemps.

— C'est ce que votre frère m'a dit.

Ils firent glisser les verrous et ouvrirent la grande double porte. A l'intérieur du garage se

146

trouvaient deux voitures, une conduite inté-
rieure vert foncé et la Land Rover.

— Nous prenons la Land Rover. Cela nous
évitera d'être bloqués.

Caroline monta dans la voiture. Ils sortirent
du garage en marche arrière, firent le tour de la
maison et descendirent l'allée, suivant prudemment les sillons sombres creusés par le tracteur
de M. Cooper. Un grand calme régnait, tous les
bruits étant assourdis par la neige, et pourtant la
vie était bien présente... Là, des traces de pas
apparaissaient sous les arbres, et l'on pouvait distinguer les petites empreintes en forme d'étoile
laissées par les oiseaux désemparés. Haut dans les
airs, les branches des hêtres se rejoignaient pour
former une arche, dans un entrelacs semblable à
de la dentelle se détachant sur le ciel lumineux.

Ils franchirent le portail et se trouvèrent sur
la route, roulant sous un soleil éblouissant.
Oliver s'arrêta bientôt sur le bas-côté et ils descendirent de voiture. Caroline aperçut le petit
pont en dos d'âne qui avait causé leur perte, et
la silhouette misérable de la voiture de Caleb,
ensevelie sous la neige, toute de guingois dans
le fossé, entourée des empreintes des grandes
bottes de M. Cooper. Elle semblait finie,

momifiée, comme si elle ne devait plus jamais bouger. Un immense sentiment de culpabilité envahit Caroline.

Oliver réussit à ouvrir la portière et se glissa avec précaution sur le siège du conducteur, tout en gardant une jambe à l'extérieur. Il tourna la clé de contact, que Caroline avait négligemment laissée sur le tableau de bord ; le moteur émit un bruit atroce, accompagné d'une forte odeur de brûlé. Sans un mot, il sortit du véhicule et claqua la porte.

— Rien à faire, l'entendit-elle marmonner.

A son sentiment de culpabilité s'ajouta celui de sa stupidité. Elle chercha vaguement à se défendre.

— Je ne savais pas qu'il fallait de l'antigel. Et comme je vous l'ai déjà dit, ce n'est pas ma voiture.

Il ne répondit rien à cela, mais fit le tour du véhicule, donnant des coups de pied dans les pneus arrière ; puis il s'accroupit pour voir si l'essieu arrière n'était pas coincé contre le bord du fossé.

Jugeant la situation très déprimante, Caroline était au bord des larmes. Tout allait de travers. Elle se retrouvait bloquée avec Jody chez cet homme insensible. La voiture de Caleb était inutilisable, il était impossible de téléphoner à Strathcorrie et la route était bloquée. Refoulant ses larmes, elle regarda en direction de la route, qui serpentait jusqu'à la crête de la colline. Un tapis compact d'un blanc immaculé s'étendait entre les murets de pierre. Une brise, véritable caresse comparée au vent de la nuit dernière, soufflait sur les champs, balayant la neige qui s'élevait dans l'air en légères rafales, comme des panaches de fumée, et grossissait, au coin des murets, véritables sculptures scintillantes, les amoncellements déjà formés. Dans le ciel tranquille, un courlis descendit en piqué, lançant son long cri limpide. Puis ce fut à nouveau le calme absolu.

Derrière elle, les pas d'Oliver crissèrent sur la neige. Elle se retourna pour lui faire face, les mains enfouies dans les poches de son ciré.

— C'est vilain, j'en ai peur, dit-il.

Caroline était horrifiée.

— Mais ne peut-elle pas être réparée ?

— Oh si ! Cooper va la tirer de là avec le tracteur et la remorquer jusqu'au garage sur la route. Le garagiste est un brave homme. La Mini sera prête demain ou après-demain.

149

Une telle expression de désespoir passa sur le visage de la jeune fille qu'il ajouta, comme pour lui remonter le moral :

— Même si la voiture avait roulé, vous vous rendez bien compte que vous n'auriez jamais pu aller jusqu'à Strathcorrie. La route est impraticable.

— Mais quand pensez-vous qu'elle sera dégagée ?

— Dès que les chasse-neige auront réussi à la déblayer. Des chutes pareilles à la fin de l'hiver peuvent provoquer des dégâts importants. Nous n'avons plus qu'à être patients.

Il lui ouvrit la portière de la Land Rover et attendit qu'elle monte. Puis il fit le tour de la voiture et s'installa au volant. Au lieu de démarrer et de la reconduire à Cairney comme elle s'y attendait, il alluma une cigarette et se mit à la fumer, absorbé dans ses pensées.

Caroline était inquiète. Autant elle aimait être en voiture avec quelqu'un qui lui était sympathique, autant elle trouvait la situation actuelle déplaisante, craignant de subir un questionnaire auquel elle n'aurait pas envie de répondre.

Lorsqu'il ouvrit la bouche, ses craintes se révélèrent justifiées.

— Quand devez-vous être de retour à Londres, déjà ?

— Vendredi. C'est du moins ce que j'ai annoncé en partant.

— A qui avez-vous dit cela ?

— A Caleb. L'homme qui nous a prêté la voiture.

— Et vos parents ?

— Nos parents sont morts.

— Mais vous avez bien quelqu'un. Je ne peux croire que vous viviez tous les deux ensemble.

Cette pensée fit sourire Oliver malgré lui.

— La situation serait catastrophique.

Sa plaisanterie n'était pas du goût de Caroline.

— Si vous voulez tout savoir, nous vivons avec notre belle-mère, déclara froidement Caroline.

Oliver eut un air entendu.

— Je vois.

— Qu'est-ce que vous voyez ?

— Une méchante belle-mère.

— Elle est au contraire très gentille.

— Mais elle ignore où vous êtes ?

— Non, répondit Caroline, hésitant encore à

dire toute la vérité. Elle sait que nous sommes en Ecosse.

— Sait-elle que vous êtes partis voir votre frère Angus ?

— Oui, elle est au courant.

— Toute cette route pour aller le retrouver ! Avez-vous une raison particulière de faire un tel voyage ou est-ce juste pour lui dire bonjour ?

— Ce n'est pas uniquement pour lui dire bonjour.

— Ce n'est pas une réponse.

— Vraiment ?

Un long silence s'ensuivit. Puis Oliver dit avec une douceur trompeuse :

— Vous savez, j'ai la forte impression que vous jouez au chat et à la souris. Je tiens à ce que vous sachiez que je me fiche pas mal de ce que vous faites, mais je me sens une certaine responsabilité à l'égard de votre frère. Ce n'est, après tout, qu'un petit garçon de onze ans.

— Jody est sous ma responsabilité.

— Vous auriez très bien pu mourir, la nuit dernière. Est-ce que vous réalisez cela ? déclara-t-il d'une voix toujours calme.

Caroline le regarda avec stupéfaction et comprit qu'il parlait sérieusement.

— Mais j'ai vu la lumière avant d'abandonner la voiture. Sinon, nous serions restés dans la voiture à attendre que la tempête passe.

— Le blizzard est une chose qu'il ne faut pas prendre à la légère, dans cette région. Vous avez eu de la chance.

— Et vous avez été bon avec nous. Plus que bon. Et je ne vous ai pas remercié correctement. Mais je sens que plus vite nous aurons rejoint Angus et plus vite nous vous aurons débarrassé de notre présence, mieux ce sera.

— Nous verrons comment les choses évoluent. Au fait, je dois m'absenter aujourd'hui. J'ai un rendez-vous pour déjeuner à Relkirk. Mme Cooper vous préparera à manger. A mon retour, la route de Strathcorrie sera peut-être ouverte. Dans ce cas, je pourrai vous conduire à votre frère.

Caroline réfléchit à sa suggestion, mais, pour une raison qui lui échappait encore, l'idée d'une rencontre entre Oliver Cairney et Angus lui déplut.

— Il y a sûrement un autre moyen.

— Non.

Oliver se pencha en avant et écrasa sa cigarette.

153

— Non, il n'y a pas d'autre moyen d'aller à Strathcorrie. Aussi je vous conseille de m'attendre bien sagement à Cairney. Compris ?

Caroline s'apprêtait à rétorquer, mais l'expression de son regard l'en dissuada.

Elle acquiesça à contrecœur.

— Très bien.

Pendant un moment elle crut qu'il allait poursuivre cette discussion, mais son attention fut détournée par l'arrivée du tracteur, conduit par M. Cooper ; il était accompagné d'un jeune homme portant un bonnet en laine, perché sur le siège derrière lui. Oliver descendit de la Land Rover pour les aider. Ce ne fut pas une partie de plaisir. Le temps de dégager la voiture de Caleb de la neige, de pelleter du sable sous ses roues, d'attacher des cordes à l'essieu arrière, et de réussir, après deux ou trois tentatives infructueuses, à la remorquer, il était presque onze heures. Caroline regarda la petite procession s'acheminer vers le garage, Cooper au volant du tracteur, Geordie dans la Mini arrimée, guidant sa course incertaine. Elle se sentait très mal à l'aise.

— J'espère que ça va bien se passer, dit-elle à Oliver tandis qu'il se rasseyait à côté d'elle. Je

154

ne me ferais pas autant de souci si c'était ma voiture. Mais j'ai promis à Caleb d'en prendre grand soin.

— Ce n'est pas votre faute. Cela aurait pu arriver à n'importe qui. Une fois sortie du garage, elle marchera sans doute mieux que jamais.

Il consulta sa montre.

— Allons-y. Je dois être à Relkirk à midi et demi et il faut encore que je me change.

Ils regagnèrent Cairney en silence, se garèrent devant la porte et pénétrèrent dans la maison. Au pied de l'escalier, Oliver se retourna vers Caroline.

— Ça va aller ?

— Oui, bien sûr.

— Alors, à plus tard.

Caroline le regarda grimper de ses longues jambes les marches deux par deux, puis, après s'être débarrassée du ciré et des larges bottes, elle partit à la recherche de Jody. La cuisine était vide, mais elle trouva Mme Cooper en train de passer l'aspirateur sur l'immense tapis d'Orient d'une salle à manger plus ou moins désaffectée. Voyant apparaître Caroline à la porte, elle éteignit l'appareil.

— Vous avez récupéré votre voiture ?

— Oui. Votre mari a été assez aimable pour
la remorquer jusqu'au garage. Vous avez vu
Jody ?

— Il est debout et en pleine forme, la chère
petite âme. Il est descendu dans la cuisine et a
pris son petit déjeuner avec moi. Deux œufs à
la coque, des toasts avec du miel, et un verre de
lait. Puis je lui ai montré l'ancienne nursery, et
c'est là que vous le trouverez, en train d'amon-
celer des cubes, de jouer aux voitures et Dieu
sait quoi encore.

— Et où est la nursery ?

— Venez. Je vous y conduis.

Abandonnant son ménage, elle entraîna
Caroline vers un petit escalier de service, qui
débouchait sur un couloir aux murs blancs et au
sol recouvert d'une moquette bleue.

— Les enfants avaient toute cette aile pour
eux seuls. Cette partie de la maison n'est plus
utilisée depuis bien longtemps, mais j'y ai
allumé un feu, et il y fait bon.

Elle ouvrit une porte, s'effaçant pour laisser
passer Caroline. La pièce était grande, avec une
fenêtre en saillie donnant sur le jardin. Des
bûches brûlaient derrière un haut pare-feu, et
l'on apercevait de vieux fauteuils, un canapé

affaissé, un cheval à bascule sans queue, des éta-
gères et, sur le plancher, au milieu du tapis
élimé, Jody, à l'intérieur d'une fortification for-
mée de cubes qui s'étendait aux quatre coins de
la pièce, avec, tout autour, des voitures minia-
tures, des soldats de plomb, des cow-boys, des
chevaliers en armure et des animaux de ferme.
Il leva les yeux vers sa sœur qui entrait, sans
paraître le moins du monde gêné d'être surpris
dans des jeux aussi enfantins, tant sa tâche
l'absorbait.

— Mon Dieu ! Combien de temps as-tu mis
pour construire tout ça ?

— J'y suis depuis le petit déjeuner. Ne ren-
verse pas cette tour.

— Tu n'as rien à craindre.

Elle enjamba la tour avec prudence et se dirigea vers la cheminée, devant laquelle elle se tint,
appuyée contre le pare-feu.

Mme Cooper était pleine d'admiration.

— Je n'ai jamais vu quelque chose d'aussi
réussi. Et toutes ces routes ! Tu as dû utiliser
tous les cubes de la boîte.

— Presque.

Jody lui sourit. Ils étaient apparemment deve-
nus les meilleurs amis du monde.

— Eh bien, je vous laisse. Le déjeuner est à midi et demi. J'ai fait une tarte aux pommes et il y a un petit pot de crème fraîche. Tu aimes la tarte aux pommes, mon lapin ?

— J'en raffole.

— Parfait.

Elle s'éloigna en chantonnant.

— Elle est adorable, tu ne trouves pas ? demanda Jody, alignant deux grands cubes destinés à former la porte de son fort.

— Si. Tu as bien dormi ?

— Comme un loir. C'est une maison formidable.

Il empila deux autres cubes, de façon à obtenir une porte assez haute.

— La voiture est partie au garage. M. Cooper l'y a emmenée. Elle n'avait pas d'antigel.

— Quel vieil idiot, ce Caleb !

Il prit un morceau de bois incurvé et le plaça sur les précédents, couronnant ainsi son chef-d'œuvre. Puis il posa la joue sur le tapis pour regarder à travers l'arche construite, et s'imagina, minuscule cavalier, passant dessous sur un grand coursier blanc, brandissant sa bannière, le panache de son casque flottant dans la brise.

— Jody, la nuit dernière, lorsque tu discutais avec Oliver dans ton bain, tu ne lui as pas parlé d'Angus, n'est-ce pas ?

— Non. Je lui ai seulement dit que nous allions le retrouver.

— Et tu ne lui as pas parlé non plus de Diana ou de Hugh ?

— Il ne m'a rien demandé.

— Surtout, ne dis rien.

Jody la regarda.

— Combien de temps allons-nous encore rester ici ?

— Pas longtemps. Nous irons à Strathcorrie cet après-midi, dès que les routes seront dégagées.

Jody ne fit aucun commentaire. Elle le regarda sortir un petit cheval d'une boîte ouverte, puis chercher un cavalier correspondant à la selle. En ayant trouvé un, il assembla les deux pièces et les tint un moment à distance pour juger de l'effet. Puis, avec une extrême précision, il plaça le cavalier sous l'arche.

— Mme Cooper m'a confié quelque chose, déclara-t-il.

— Quoi donc ?

— Que ce n'était pas la maison d'Oliver.

159

— Que veux-tu dire par là ? C'est forcément sa maison.

— Elle appartenait à son frère. Oliver vit à Londres, mais son frère habitait ici. Il était fermier. C'est pourquoi il y a partout des chiens, des tracteurs, des outils.

— Qu'est-il arrivé à son frère ?

— Il a été tué la semaine dernière dans un accident de voiture.

Tué dans un accident de voiture. Une vague réminiscence s'éveilla au fond de son inconscient pour se perdre presque aussitôt dans le sentiment d'horreur que suscitait la froide information de Jody. Elle plaqua une main sur sa bouche comme pour étouffer le mot « tué ».

— C'est pour ça qu'Oliver est ici.

Le ton brusque de Jody trahissait sa peine.

— Pour l'enterrement et tout le tralala. Pour mettre les choses en ordre, m'a dit Mme Cooper. Il va vendre la maison, la ferme et tout le reste, et ne jamais revenir.

Il se leva avec précaution et vint se mettre tout près de Caroline. Elle savait que, sous son apparente désinvolture, il avait un besoin pressant de réconfort.

Elle passa un bras autour de lui.

160

— Et il a fallu que nous arrivions à un pareil moment. Le pauvre homme !

— Mme Cooper m'a dit que c'était une bonne chose. Que ça l'empêchait de sombrer dans le chagrin.

Il leva les yeux vers sa sœur.

— Quand allons-nous voir Angus ?

— Aujourd'hui, promit Caroline sans la moindre hésitation. Aujourd'hui.

Outre la tarte aux pommes et la crème, le menu du déjeuner comportait du bifteck haché, des pommes de terre au four et de la purée de rutabagas. Caroline, qui pensait avoir faim, se découvrit aussi peu d'appétit que d'habitude. Jody, en revanche, mangea de tout, puis s'attaqua à une barre de caramel fait maison.

— Et maintenant, comment allez-vous occuper, tous les deux, le reste de la journée ? M. Cairney ne sera pas de retour avant l'heure du thé.

— Est-ce que je peux continuer à jouer dans la nursery ? s'enquit Jody.

— Bien sûr, mon chou.

Mme Cooper regarda Caroline.

— Je crois que je vais aller faire un tour, dit la jeune fille.

— Vous n'en avez pas assez, du froid ? demanda Mme Cooper, l'air surprise.

— J'aime être dehors. Et c'est si joli avec la neige.

— Oui, mais c'est en train de se couvrir. L'après-midi ne sera pas aussi beau que la matinée.

— Ça m'est égal.

Jody était embarrassé.

— Tu ne m'en voudras pas si je ne viens pas avec toi ?

— Bien sûr que non.

— J'ai l'intention de construire une tribune. Tu sais, une tribune pour regarder les tournois.

— Eh bien, vas-y.

Tout entier à ses projets, Jody s'excusa et remonta les mettre à exécution. Caroline proposa à Mme Cooper de l'aider à faire la vaisselle et essuya un refus : « Allez vous promener avant que la pluie ne soit de la partie. » Caroline la laissa donc et s'en alla prendre dans l'entrée les bottes et le ciré qu'elle avait portés durant la matinée, mit sur sa tête un foulard et sortit.

Mme Cooper ne s'était pas trompée à propos du temps. Le ciel s'était couvert de nuages venus de l'ouest, l'air s'était radouci, le soleil avait disparu. Enfonçant les mains dans les poches du ciré, elle traversa la pelouse, puis descendit l'allée, franchit le portail et se retrouva sur la route, où elle tourna à gauche dans la direction de Strathcorrie.

« Je vous conseille de m'attendre bien sagement à Cairney », lui avait recommandé Oliver. S'il ne l'y trouvait pas à son retour, il serait probablement furieux, mais c'était le dernier souci de Caroline. Ils ne le reverraient sans doute jamais. Elle lui écrirait, bien sûr, pour le remercier de sa gentillesse. Mais jamais elle ne le reverrait.

Elle ne voulait pas que ses retrouvailles avec Angus, après tant d'années de séparation, aient lieu sous le regard critique d'un étranger. Le pire, avec Angus, était qu'on ne savait jamais à quoi s'en tenir. Il avait toujours été imprévisible, confus, insaisissable et totalement exaspérant. Si au départ elle avait manifesté quelques réticences quant au projet extravagant de Jody d'aller le retrouver en Ecosse, l'enthousiasme de son frère avait fini par la gagner. Il était tellement certain qu'Angus les attendrait, serait ravi de les voir, se montrerait disposé à les aider, qu'il avait réussi à en persuader Caroline.

Mais à présent, dans la fraîcheur de cet après-midi écossais, les doutes l'assaillaient à nouveau. Certes, ils trouveraient Angus au Strathcorrie Hotel, puisque c'était là qu'il travaillait, mais ses fonctions à l'hôtel n'étaient aucunement la garantie qu'il n'aurait pas les cheveux longs, la barbe, les pieds nus, et qu'il ne refuserait pas d'aider son frère et sa sœur. Elle s'imaginait la réaction d'Oliver Cairney face à une telle attitude, et elle savait qu'elle n'aurait pas supporté de le voir assister à une semblable scène.

A cela s'ajoutaient, depuis qu'elle avait appris la mort de son frère, une gêne profonde et le sentiment d'abuser de la bonté d'Oliver et de profiter de son hospitalité dans un moment totalement inopportun.

Il ne faisait aucun doute que plus tôt ils seraient partis, mieux ce serait. Il ne lui restait plus qu'à trouver Angus par ses propres moyens.

S'acheminant péniblement sur la longue route enneigée, elle essayait de se convaincre que c'était la seule solution.

Elle marchait depuis plus d'une heure, sans la moindre idée du nombre de kilomètres parcourus, quand apparut un camion, gravissant lentement la côte derrière elle. C'était le chasse-neige du comté. Labourant la route de son énorme soc en acier, tel un navire fendant l'eau de sa proue, il faisait gicler de part et d'autre de la route, dans son sillage, une écume de neige fondue.

Caroline se mit sur le côté, grimpant sur le muret pour le laisser passer, mais le camion s'arrêta à sa hauteur. L'homme à l'intérieur ouvrit la portière et lui cria :

— Où allez-vous ?

— A Strathcorrie.

— Vous avez encore une dizaine de kilomètres à faire. Voulez-vous que je vous y emmène ?

— Ce n'est pas de refus.

— Alors, venez.

Elle dégringola du mur et il lui tendit une main calleuse pour l'aider à monter, se poussant pour lui faire de la place. Son compagnon, un homme beaucoup plus âgé, qui se tenait au volant, dit d'un ton maussade :

— J'espère que vous n'êtes pas pressée. La neige est épaisse au sommet de la colline.

— Je ne suis pas pressée. Le principal est que je n'aie pas à marcher.

— Oui. C'est un sale temps.

Il passa les vitesses, enleva le frein à main, et le véhicule poursuivit son chemin, roulant, le fait est, tout doucement. Par moments les deux hommes descendaient pour étaler à coups de pelle le gravillon amoncelé, par mesure de sécurité, sur les côtés de la route. L'humidité s'insinuait par les fenêtres du camion, et Caroline sentit, dans ses bottes trop grandes, ses pieds se transformer en deux blocs de glace. Comme ils franchissaient enfin la dernière côte, l'aimable cantonnier lui dit : « Nous arrivons à Strathcorrie », et elle vit devant eux le paysage aux tons gris et blanc céder brusquement la place, en contrebas, à une vallée encaissée où serpentait un loch, long et tranquille, reflétant le ciel couleur d'acier.

De l'autre côté du loch, les collines réapparaissaient, parsemées des taches noires des pins et sapins, et par-delà leurs sommets doucement arrondis, on distinguait les pics des montagnes au loin. Tout au-dessous, ramassé à l'extrémité la plus étroite du loch, se blottissait le village. Elle aperçut l'église, les petites rues entre les

maisons grises, un modeste chantier de cons-
truction de bateaux, avec des digues, des bouées
et une embarcation tirée sur les galets pour
l'hiver.

— Comme c'est joli ! s'exclama-t-elle.

— Oui, acquiesça le cantonnier. Le village
attire beaucoup de monde durant les mois d'été.
On peut y faire de la voile, séjourner dans des
pensions, dans des caravanes…

La route descendait la colline. La neige, à cet
endroit, n'était pas aussi épaisse, et ils avancè-
rent plus rapidement.

— Où voulez-vous qu'on vous laisse ?
demanda le chauffeur.

— A l'hôtel. Au Strathcorrie Hotel. Vous
savez où il se trouve ?

— Oh oui. Pas de problème.

Dans le village, les rues grises étaient mouillées ; la neige fondait dans les gouttières, tombant avec un doux floc des avant-toits inclinés.
Le chasse-neige emprunta la rue principale,
passa sous une porte gothique ornementale,
construite pour commémorer quelque événement, oublié depuis longtemps, de l'époque
victorienne, et s'arrêta en face d'un long bâtiment peint à la chaux, précédé d'un trottoir de

167

gravier. L'enseigne qui se balançait sur la porte indiquait : *Strathcorrie Hotel. Bienvenue aux visiteurs.* Il n'y avait pas signe de vie.

— C'est ouvert ? demanda Caroline, inquiète.

— Oui, c'est bien ouvert. Mais il n'y a pas grand monde.

Elle remercia les deux hommes pour leur gentillesse et descendit du chasse-neige. Comme il s'éloignait, Caroline traversa la rue, puis le trottoir, et se dirigea vers la porte tournante, qu'elle poussa. L'intérieur sentait le tabac refroidi et le chou bouilli ; au mur pendait un lugubre tableau représentant un cerf sur une colline détrempée. Elle s'avança vers la réception, mais ne trouva personne pour accueillir les clients. Il y avait toutefois une sonnette, sur laquelle Caroline appuya. Au bout d'un moment, une femme apparut, sortant d'une pièce. Elle portait une robe noire et des lunettes à la monture diamantée, et paraissait contrariée d'être dérangée en plein après-midi, tout particulièrement par une fille en jeans et ciré, aux cheveux couverts d'un foulard en coton rouge.

— Oui ?

— Je suis navrée de vous déranger, mais j'aurais aimé parler à Angus Cliburn.

— Oh, dit immédiatement la femme. Angus n'est pas là.

Elle semblait heureuse de pouvoir fournir cette information.

Caroline la regarda en silence. Au-dessus de sa tête, une horloge faisait entendre son tic-tac sonore. Quelque part, au fond de l'hôtel, un homme se mit à chanter. La femme réajusta ses lunettes.

— Il était là, certes, admit-elle, ajoutant après un instant d'hésitation : Ne serait-ce pas vous, par hasard, qui lui avez envoyé un télégramme ? Je l'ai mis de côté, car il est arrivé après son départ.

Elle ouvrit un tiroir et en sortit une enveloppe orange.

— J'ai dû l'ouvrir, vous voyez, et je vous aurais fait savoir qu'il était absent, mais vous n'avez pas indiqué d'adresse.

— Oui, bien sûr.

— Il a travaillé ici un mois environ. Il nous donnait un coup de main. Nous manquions de personnel, vous comprenez.

— Mais où est-il à présent ?

— Je ne saurais vous dire. Il est parti avec une Américaine qui était à l'hôtel. Elle avait besoin d'un chauffeur et, comme nous avions quelqu'un pour remplacer Angus, nous l'avons laissé l'accompagner.

— Mais quand doit-il revenir ?

— Oh, dans un ou deux jours. A la fin de la semaine, a dit Mme McDonald.

— Mme McDonald ?

— Oui, l'Américaine. Les ancêtres de son mari étaient originaires de cette partie de l'Ecosse. C'est pour cette raison qu'elle avait tant envie de voir le pays. Elle a loué une voiture et embauché Angus pour la conduire.

Il ne serait pas de retour avant la fin de la semaine. C'est-à-dire pas avant vendredi ou samedi. Or, Caroline et Jody devaient rentrer à Londres le vendredi. Elle ne pouvait attendre le week-end, son mariage étant fixé à mardi. Mardi, elle épousait Hugh, et il lui fallait être là pour la répétition du lundi, sinon Diana serait folle de rage et d'inquiétude.

Ses pensées galopaient dans tous les sens, comme un cheval fou échappé d'une écurie. Se ressaisissant, elle se dit qu'il lui fallait faire preuve de sens pratique, tout en sachant qu'elle en était complètement incapable. Elle avait le sentiment d'être au bout du rouleau. Maintenant, lorsqu'elle entendrait quelqu'un dire « Je suis au bout du rouleau », elle comprendrait.

La femme commençait à s'impatienter.

— Vous teniez absolument à voir Angus ?

— Oui. Je suis sa sœur. C'est important.

— D'où venez-vous ?

— De Cairney, répondit Caroline sans réfléchir.

— Mais c'est à treize kilomètres ! Et la route est bloquée.

— J'ai marché un peu, puis le chasse-neige m'a conduite jusqu'ici.

Il leur faudrait attendre Angus. Peut-être pourraient-ils rester à l'hôtel. Elle regrettait de ne pas avoir emmené Jody avec elle.

— Auriez-vous deux chambres libres ?

— Deux chambres ?

— Oui, pour mon frère et moi. J'ai un autre frère. Il n'est pas encore là.

La femme eut l'air hésitante, puis dit : « Un instant », et elle alla consulter le registre. Caroline s'appuya contre le bureau, s'exhortant à ne pas céder à la panique. Cela ne servait qu'à vous rendre malade. Et pourtant, malade, elle l'était.

Sa nausée était brusquement revenue, la frappant comme un coup de poignard à l'estomac, la prenant par surprise, tel un horrible monstre surgissant au coin d'une rue pour se jeter sur sa victime. Elle essaya de l'ignorer, mais le malaise était trop fort. Il s'intensifiait à une rapidité effrayante, tel un gros ballon gonflé avec une pompe. Enorme, si violent qu'il ne laissait, dans sa conscience, de place à rien d'autre. Elle n'était plus que souffrance, et cette souffrance s'étendait à l'infini. Elle ferma les yeux et entendit comme le hurlement d'un signal d'alarme au loin.

Puis, lorsqu'elle pensa ne plus pouvoir le supporter, le bruit mourut, glissant sur elle pour retomber comme un vêtement dont on se défait. Au bout d'un moment, elle rouvrit les yeux et aperçut le visage horrifié de la réceptionniste. Elle se demanda combien de temps elle était restée ainsi.

— Vous allez bien ?

— Oui.

Elle essaya de sourire. Son front était couvert de sueur.

— C'est une crise d'indigestion, je crois. Ce n'est pas la première fois. Et avec cette marche...

— Je vais vous chercher un verre d'eau. Il vaut mieux vous asseoir.

— Ça va maintenant.

Mais le visage de la femme lui apparaissait comme déformé ; il avançait et reculait dans une sorte de flou. Elle parlait, Caroline voyait sa bouche s'ouvrir et se fermer, toutefois aucun son n'en sortait. Elle s'agrippa au rebord du bureau, mais cela ne l'aida guère. La dernière chose qu'elle vit fut le tapis bigarré qui venait à sa rencontre pour la frapper violemment à la tempe.

5

Oliver ne rentra pas à Cairney avant quatre heures et demie. Il était fatigué. Non seulement le repas avait été copieux, mais Duncan Fraser avait tenu à étudier tous les aspects financiers et juridiques relatifs au rachat de Cairney. Rien n'avait été laissé de côté et Oliver avait la tête emplie de chiffres. La superficie, le rendement, le nombre de têtes de bétail, la valeur de la maison, l'état de la ferme et des granges. C'était, bien sûr, nécessaire, mais Oliver n'en avait pas moins trouvé tout cela fort pénible ; dans la sombre lumière de cette fin d'après-midi, il avait effectué le long trajet de retour profondément déprimé, en s'efforçant de regarder la vérité en face : en vendant Cairney, même à Duncan, il abandonnait une partie de lui-même et coupait les derniers fils qui le reliaient à son enfance.

Ce conflit avec lui-même l'avait vidé de son énergie. Il avait mal à la tête et il n'aspirait qu'à la tranquillité du foyer, au confort de son fauteuil au coin du feu, avec éventuellement une bonne tasse de thé.

Jamais la maison ne lui avait paru aussi agréable, aussi accueillante. Il conduisit la Land Rover au garage, puis il se rendit dans la cuisine, où il trouva Mme Cooper, un fer à repasser à la main, mais les yeux fixés sur la porte. En l'apercevant, elle poussa un soupir de soulagement et posa brusquement le fer sur la planche.

— Oh, Oliver, je vous attendais. J'ai entendu une voiture et j'espérais que ce serait vous.

Elle paraissait si tendue qu'il demanda :

— Que se passe-t-il ?

— La sœur du petit garçon est allée se promener et elle n'est toujours pas rentrée. Il fait presque nuit.

Immobile, encore vêtu de son manteau, Oliver digérait lentement la nouvelle.

— Quand est-elle partie ?

— Après déjeuner. Elle a à peine mangé, juste picoré, une puce ne tiendrait pas à ce régime.

— Et il est... quatre heures et demie.

— C'est ça.

— Où est Jody ?

— Dans la nursery. Il va bien. Je lui ai apporté son thé, au p'tit agneau.

Oliver fronça les sourcils.

— Savez-vous où elle est allée ?

— Je n'en ai aucune idée. Elle a seulement dit : « Je vais faire un tour. »

L'inquiétude creusait le visage de Mme Cooper.

— Vous pensez qu'il a pu lui arriver quelque chose ?

— Cela ne m'étonnerait pas, répondit avec amertume Oliver. C'est une idiote, elle se noierait dans une mare.

— Oh, la pauvre petite...

— La pauvre petite est une sacrée emmerdeuse, rétorqua-t-il avec brutalité.

Il s'apprêtait à aller questionner Jody dans la nursery quand le téléphone sonna. Sa première réaction fut de constater que la ligne était enfin rétablie ; Mme Cooper, quant à elle, mit la main sur son cœur, l'air affolé.

— C'est peut-être la police.

— J'en doute, dit Oliver en se dirigeant, d'un pas toutefois plus rapide qu'à l'habitude, vers la bibliothèque pour répondre.

— Cairney, aboya-t-il.

— C'est bien la maison Cairney ?

La voix était féminine et raffinée.

— Oui. M. Oliver Cairney à l'appareil.

— Oh, monsieur Cairney, c'est Mme Henderson, du Strathcorrie Hotel.

Oliver s'arma de sang-froid.

— Oui ?

— Il y a ici une jeune dame venue voir son frère, qui travaillait à l'hôtel…

— *Travaillait ?*

— Elle a dit qu'elle séjournait à Cairney.

— C'est exact.

— Eh bien, j'ai pensé que vous pourriez peut-être venir la chercher, monsieur Cairney. Elle ne semble pas aller bien du tout. Elle s'est évanouie, puis elle a… vomi.

Elle prononça le mot à contrecœur, comme s'il s'agissait d'une grossièreté.

— Comment est-elle arrivée à Strathcorrie ?

— Elle a fait une partie du chemin à pied, et le reste avec un chasse-neige.

Il était toujours bon d'apprendre que la route était ouverte.

— Et où est-elle à présent ?

— Je l'ai fait allonger. Elle a l'air tellement mal.

— Sait-elle que vous m'avez appelé ?

— Non. J'ai pensé qu'il était préférable de ne pas le lui dire.

— Il ne faut pas qu'elle le sache. Retenez-la jusqu'à mon arrivée.

— Oui, monsieur Cairney. Je suis désolée.

— Ne soyez pas désolée. Vous avez bien fait de m'appeler. Nous étions inquiets. Merci beaucoup. Je serai là le plus vite possible.

Quand il arriva, Caroline dormait, ou plutôt flottait dans ce délicieux état intermédiaire entre la veille et le sommeil, bien au chaud sous les couvertures dont on l'avait recouverte. La voix grave d'Oliver l'arracha brutalement à sa somnolence, et elle se retrouva aussitôt complètement éveillée, en état d'alerte, l'esprit parfaitement clair. Elle se souvint d'avoir dit qu'elle venait de Cairney et maudit sa négligence. Mais la douleur avait disparu et le sommeil l'avait reposée ; aussi, lorsque, sans même avoir frappé,

Oliver Cairney ouvrit la porte et s'avança d'un pas martial dans la pièce, Caroline l'attendait, prête à se défendre.

— Oh, je regrette de vous avoir fait déplacer, mais tout va bien. Regardez.

Elle s'assit.

— Je suis en pleine forme.

Il portait un manteau gris et une cravate noire, et, sa tenue lui rappelant la mort de son frère, elle poursuivit précipitamment :

— J'ai eu un petit malaise après cette longue marche. Tout compte fait, ce n'était pas si long, puisque j'ai fait une partie du chemin avec le chasse-neige.

Il claqua la porte et vint s'appuyer contre le montant en cuivre du lit.

— Avez-vous amené Jody ? lui demanda-t-elle vivement. Parce que nous pouvons rester ici. Il y a des chambres libres et il est préférable que nous attendions à l'hôtel le retour d'Angus. Il est parti quelques jours avec une Américaine…

— Ça suffit ! dit Oliver.

Personne n'avait jamais parlé à Caroline sur un tel ton, et elle se tut immédiatement.

— Je vous avais dit de rester à Cairney. De m'attendre.

— Je ne pouvais pas.

— Et pourquoi donc ?

— Parce que Jody m'a raconté ce qui était arrivé à votre frère. C'est Mme Cooper qui l'a dit à Jody. Et c'est terrible que nous soyons arrivés à ce moment-là, c'est terrible. Je suis navrée… je ne savais pas.

— Vous ne pouviez pas le savoir.

— … au moment le plus inopportun.

— Cela ne fait guère de différence, dit Oliver sans ménagement. Comment vous sentez-vous ?

— Très bien.

— Vous vous êtes évanouie, lança-t-il d'un ton accusateur.

— C'est ridicule, ça ne m'arrive jamais.

— Le problème, c'est que vous ne mangez rien. Voilà le résultat de votre stupidité. Vous l'avez bien cherché. A présent, mettez votre manteau. Je vous ramène à la maison.

— Mais je vous ai dit que nous pouvions rester à l'hôtel. Nous allons attendre Angus ici.

— Vous pouvez attendre Angus à Cairney.

Il alla prendre le ciré noir sur la chaise. Caroline fronça les sourcils.

— Et si je refuse de venir ? Rien ne m'oblige à vous suivre.

— Et si, pour une fois, vous faisiez ce qu'on vous demande de faire ? Si vous cessiez de ne penser qu'à vous ? Mme Cooper, à mon retour, était dans tous ses états, imaginant les pires catastrophes.

Un sentiment de culpabilité envahit la jeune fille.

— Et Jody ?

— Il va bien. Je l'ai laissé devant la télévision. Alors, vous venez ?

Elle n'avait pas le choix. Caroline se leva, enfila, avec l'aide d'Oliver, le ciré, mit les bottes en caoutchouc, et le suivit, docile, dans l'escalier.

— Madame Henderson !

Elle apparut à la réception, telle une aimable commerçante à son comptoir.

— Ah, vous l'avez trouvée, monsieur Cairney, je suis bien contente !

Elle souleva l'abattant du bureau et les rejoignit.

— Comment vous sentez-vous, ma petite ? demanda-t-elle à Caroline.

— Bien. Merci, ajouta-t-elle après coup, bien qu'ayant du mal à pardonner à Mme Henderson d'avoir téléphoné à Oliver.

— De rien. Et quand Angus sera de retour…

— Dites-lui que sa sœur est à Cairney, l'interrompit Oliver.

— Je n'y manquerai pas. Je suis contente que vous alliez mieux.

Caroline se dirigea vers la porte. Oliver remercia encore Mme Henderson, puis ils se retrouvèrent dehors, dans le crépuscule froid et venteux, et elle remonta, résignée, dans la Land Rover.

Ils roulèrent en silence. Le dégel promis avait commencé à faire fondre la neige, et la route était relativement dégagée. Poussés par un vent d'ouest, les nuages gris cédaient la place à un ciel couleur saphir. Par la fenêtre ouverte de la Land Rover leur parvenaient des odeurs de gazon et de tourbe mouillée. Des courlis s'envolèrent des rives d'un petit loch bordé de roseaux, et soudain il parut possible de voir les arbres se couvrir bientôt de bourgeons, et le printemps, tant attendu, arriver.

Et Caroline se souvint de ce soir, à Londres, où elle était allée avec Hugh à l'Arabella. Elle se rappela les reflets orange des lumières de la ville dans le ciel, le vent qui s'engouffrait dans ses cheveux par la fenêtre ouverte, et son désir d'être à la campagne. Il y avait de cela seulement trois ou quatre jours, mais qui lui paraissaient une éternité. Comme s'il s'était agi d'une personne différente et d'une tout autre époque.

Mais ce n'était qu'une illusion. Elle était bien Caroline Cliburn, avec des centaines de problèmes à résoudre. Caroline Cliburn, qui devait à tout prix rentrer à Londres avant que tous les feux de l'enfer ne se déchaînent. Caroline Cliburn, qui allait épouser Hugh Rashley. Et cela pas plus tard que mardi prochain.

C'était un fait indéniable. Pour s'en convaincre, elle se mit à penser à Milton Gardens, croulant sous les cadeaux. A la robe de mariée, pendue dans un placard, aux traiteurs arrivant avec les tables à tréteaux et les raides nappes damassées. Elle pensa aux verres à champagne groupés comme des bulles de savon, au claquement des bouchons, aux discours stéréotypés, aux bouquets de gardénias, et enfin à Hugh, si prévenant et organisé, Hugh qui n'avait jamais élevé la voix pour lui signifier de se taire.

La façon dont Oliver l'avait traitée lui restait sur le cœur. Encore indignée, elle remâcha son ressentiment. Ressentiment à l'égard d'Angus, pour l'avoir abandonnée au moment où elle avait le plus besoin de lui, pour être parti, insouciant, avec une vieille douairière américaine, sans laisser d'adresse ni préciser la date de son retour. Ressentiment à l'égard de l'efficace Mme Henderson, avec ses lunettes diamantées et son air humble, qui avait appelé Oliver Cairney quand une nouvelle ingérence de sa part dans ses affaires était la dernière chose qu'elle souhaitait. Et enfin à l'égard d'Oliver lui-même, cet homme arrogant qui s'était conduit de manière inacceptable sous le couvert de l'hospitalité.

La Land Rover franchit le sommet de la colline, au-delà duquel la route redescendait, s'étirant loin devant eux en direction de Cairney. Oliver changea de vitesse et ses pneus mordirent profondément la neige fondue. Le silence qui s'était installé entre eux était lourd de sa désapprobation. Caroline aurait voulu qu'il dise quelque chose. N'importe quoi. Tous ses ressentiments se transformèrent en une irritation dirigée uniquement contre lui, qui augmenta jusqu'à ce que, ne pouvant plus la contenir, elle déclarât d'une voix glaciale :

— C'est ridicule.

— Qu'est-ce qui est ridicule ? demanda Oliver d'un ton tout aussi froid que le sien.

— La situation. Tout.

— Je ne connais pas suffisamment la situation pour être en mesure de juger. En fait, la seule chose que je sache est que vous et Jody êtes arrivés à Cairney par un soir de tempête ; pour le reste, je nage dans l'obscurité.

— Le reste ne vous regarde pas, dit Caroline avec plus de brutalité qu'elle ne l'aurait voulu.

— Le sort de votre frère me regarde. Je ne voudrais pas qu'il souffre davantage de vos idioties.

— Si Angus avait été à Strathcorrie…

Il ne la laissa pas finir sa phrase :

— C'était une supposition. La preuve, il n'était pas là. Et j'ai comme le sentiment que cela ne vous surprend guère. Quel genre de garçon est-ce, exactement ?

Caroline garda un silence qu'elle espérait plein de dignité.

— Je vois, dit Oliver du ton suffisant de celui qui prétend tout comprendre.

— Non, vous ne voyez pas. Vous ne savez absolument rien de lui. Vous ne comprenez rien.

— Oh, ça suffit ! dit pour la seconde fois Oliver, impitoyable.

185

Caroline tourna la tête vers la fenêtre, de façon à lui dissimuler les larmes qui avaient jailli de ses yeux.

Dans le crépuscule, la maison se dressait de toute sa masse carrée, diffusant ses lumières jaunes derrière les rideaux tirés. Oliver se gara devant la bâtisse et sortit de la Land Rover. Caroline le suivit à contrecœur et gravit derrière lui les marches du perron. Lui tenant la porte ouverte, il la laissa passer. Comme une enfant en faute obligée de rendre des comptes, elle évita de le regarder. A peine la porte avait-elle claqué derrière eux que leur parvenait la voix de Jody et que des bruits de pas venant de la cuisine se faisaient entendre dans le couloir. Il arriva en courant, puis s'immobilisa en voyant qu'ils n'étaient que tous les deux. Ses yeux allèrent de la porte à Caroline.

— Et Angus ? demanda-t-il.

Il espérait qu'elle le ramènerait.

— Angus n'était pas là, répondit-elle avec difficulté.

— Tu ne l'as pas trouvé ? reprit Jody après un moment de silence.

— J'ai bien trouvé l'hôtel où il travaillait, mais il était absent. Il est parti pour quelques jours.

Elle poursuivit, d'un ton qui essayait d'être assuré :

— Il sera de retour dans un jour ou deux. Il n'y a pas d'inquiétude à avoir.

— Mme Cooper m'a dit que tu étais malade.

— Ça va très bien, répondit-elle précipitamment.

— Mais elle a dit que…

Oliver l'interrompit :

— La seule chose qui n'aille pas chez ta sœur, c'est qu'elle n'en fait qu'à sa tête et qu'elle ne mange rien.

Il paraissait exaspéré. Jody le regarda déboutonner son manteau et le jeter brutalement sur la rampe d'escalier.

— Où est Mme Cooper ?

— Dans la cuisine.

— Va lui dire que tout va bien. J'ai ramené Caroline. Elle va aller se coucher et elle dînera au lit ; et demain, elle sera en pleine forme.

Comme Jody ne semblait pas vouloir bouger, il s'avança vers le petit garçon, lui fit faire demi-tour et le poussa dans la direction de la cuisine.

— Tu n'as pas à t'inquiéter, je t'assure.

Jody regagna la cuisine. On entendit la porte battre au fond du couloir, puis la voix de Jody transmettre le message d'Oliver.

— Maintenant, montez dans votre chambre, dit-il à Caroline. Mme Cooper vous apportera votre dîner au lit. Et ne discutez pas.

Le ton autoritaire d'Oliver réveilla chez la jeune fille une faculté d'entêtement qui remontait à très loin et pouvait atteindre chez elle une force exceptionnelle. Un entêtement qui lui avait parfois, dans son enfance, fait obtenir ce qu'elle voulait, qui avait réduit à néant les objections de sa belle-mère quant à ses études de théâtre. Hugh avait dû déceler très tôt ce trait de caractère, car il avait toujours fait preuve de tact à son égard, la cajolant, lui faisant des suggestions, l'amenant par la douceur à ce qu'elle aurait autrement catégoriquement refusé.

A présent, elle était d'humeur à faire une terrible scène. Mais en voyant Oliver Cairney attendre, immobile, avec un air poli mais implacable, qu'elle s'exécute, elle sentit sa résolution faiblir. Trouvant des excuses à sa reddition, elle se dit qu'elle était fatiguée, trop fatiguée pour argumenter davantage. Et soudain l'idée d'être au lit, bien au chaud, et enfin seule, ne fut pas pour lui déplaire. Sans un mot, elle lui tourna le dos et monta l'escalier, marche après marche, en se tenant à la longue rampe polie.

Lorsqu'elle eut disparu, Oliver se rendit à la cuisine, où il trouva Mme Cooper préparant le dîner et Jody, assis à la table, s'acharnant sur un puzzle qui, une fois complété, représentait une locomotive à vapeur. Oliver se rappelait y avoir passé, avec sa mère et Charles, de longs après-midi pluvieux, en attendant que le temps s'améliore pour pouvoir aller jouer dehors.

Il se pencha par-dessus l'épaule de Jody.

— C'est très bien.

— Il y a une pièce que je n'arrive pas à trouver. Avec du ciel et un bout de branche. J'en ai besoin pour pouvoir mettre cette autre là.

Oliver se mit à la recherche de la pièce en question.

— La jeune dame va bien ? s'enquit Mme Cooper depuis le poêle.

— Oui, elle va bien, répondit Oliver sans lever la tête. Elle est allée se coucher.

— Qu'est-ce qui lui est arrivé ? demanda Jody.

— Elle s'est évanouie, puis elle a vomi.

189

— Je déteste vomir.

Oliver sourit.

— Moi aussi.

— Je lui prépare un bon bouillon. Quand vous n'êtes pas bien, la dernière chose dont vous avez envie est un dîner qui vous pèse sur l'estomac.

Oliver acquiesça. Il découvrit la pièce manquante et la tendit à Jody.

— Ce n'est pas celle-ci ?

— Si, répondit Jody, ravi par l'adresse d'Oliver. Oh, merci ! Je l'ai regardée plusieurs fois sans me rendre compte que c'était la bonne.

Il leva les yeux vers lui en souriant.

— C'est plus facile à deux, non ? Vous voulez continuer à m'aider ?

— Pour l'instant, je vais prendre un bain et me servir quelque chose à boire. Mais je propose que nous dînions ensemble, toi et moi, et nous verrons après le repas si nous pouvons finir le puzzle.

— C'était à vous ?

— A Charles ou à moi, je ne sais plus très bien.

— C'est un drôle de train.

190

— Les locomotives étaient splendides à cette époque. Elles faisaient un bruit magnifique.

— Je sais. J'en ai déjà vu au cinéma.

Il prit son bain et se changea. Il descendait l'escalier quand, brusquement, il se rappela qu'il était invité à dîner à Rossie Hill. Le choc qu'il en ressentit fut toutefois moins grand que son étonnement devant cet oubli. Il avait pourtant déjeuné à midi avec Fraser, et même parlé avec ce dernier de ce dîner, mais les événements mouvementés de l'après-midi et de la soirée avaient réussi à le chasser totalement de son esprit.

Il était à présent sept heures et demie, et il n'était pas même prêt, vêtu d'un vieux chandail à col roulé et d'un pantalon en velours délavé. Il hésita un moment, tirant sur sa lèvre inférieure d'un air dubitatif, puis la pensée de Jody, qui avait passé un après-midi solitaire et auquel il avait promis sa compagnie pour la soirée et son aide pour le puzzle, l'aida à trancher. Sa décision prise, il se rendit dans la bibliothèque, souleva le combiné et composa le numéro de Rossie Hill. Au bout de quelques sonneries, Liz répondit.

191

— Allô ?

— Liz ?

— Oh, Oliver, tu appelles pour dire que tu seras en retard ? Cela n'a pas d'importance. J'ai oublié de mettre le faisan au four, et d'autre part...

Il l'interrompit :

— J'appelais en fait pour annuler. Je ne peux pas venir.

— Mais... je... papa a dit que...

Elle changea brusquement de voix, paraissant soudain folle d'inquiétude.

— Tu vas bien ? Tu n'as rien ?

— Je n'ai rien. J'ai simplement un empêchement... Je t'expliquerai.

— Est-ce que cela n'aurait pas à voir avec la fille et le garçon que tu héberges à Cairney ? demanda-t-elle froidement.

Oliver fut surpris. Il n'avait pas parlé à Duncan des Cliburn, non pas parce qu'il avait voulu lui cacher leur présence, mais parce qu'ils avaient des sujets bien plus importants à débattre.

— Comment es-tu au courant ?

— Le téléphone arabe. N'oublie pas que notre Mme Douglas est la belle-sœur de Cooper. Il est impossible de garder un secret à Cairney, Oliver. Tu devrais le savoir, depuis le temps.

Il se sentait vaguement irrité, ayant l'impression d'être accusé de fourberie.

— Ce n'est pas un secret.

— Ils sont toujours là ?

— Oui.

— Il va falloir que je vienne mener mon enquête. Ma curiosité est excitée.

Ne voulant pas poursuivre cette discussion, Oliver changea de sujet.

— Pardonne-moi d'annuler de cette manière au dernier moment, s'excusa-t-il.

— Ce n'est rien. Ce sont des choses qui arrivent. Nous n'en aurons que plus de faisan, papa et moi. Viens donc un autre soir.

— Si tu me le proposes.

— C'est ce que je suis en train de faire, dit-elle d'une voix cassante. Une fois dégagé de tes obligations sociales, tu n'as qu'à me passer un coup de fil.

— C'est entendu.

— Alors, au revoir.

— Au revoir.

193

Il n'avait pas fini de parler qu'elle avait déjà raccroché. Il s'en voulait, non sans raison, songeant avec regret à ce qu'il ratait : la table joliment mise, les chandelles, le faisan et le vin. Un dîner à Rossie Hill n'était pas une chose à dédaigner. Il étouffa un juron, maudissant cette journée, souhaitant qu'elle fût finie. Il se servit une dose de whisky plus importante que d'habitude, agrémentée d'une giclée de soda. Il en but machinalement une gorgée et, se sentant un peu mieux, s'en fut retrouver Jody.

Mais, dans le couloir, il rencontra Mme Cooper avec un plateau, une curieuse expression sur le visage. Quand elle l'aperçut, elle détourna la tête et pressa le pas de façon à arriver à la cuisine avant lui.

— Qu'est-ce qui ne va pas, madame Cooper ?

Le dos contre la porte battante, elle s'arrêta, l'air angoissé.

— Elle ne veut pas manger, Oliver.

Il regarda le plateau, puis souleva le couvercle posé sur le bol de soupe. Une bonne odeur s'en dégagea.

— J'ai fait de mon mieux, je lui ai répété ce que vous m'avez dit, mais elle ne veut rien avaler. Elle a peur d'être encore malade.

Oliver replaça le couvercle, mit son verre de whisky sur le plateau et débarrassa Mme Cooper du tout.

— Eh bien, c'est ce qu'on va voir.

Il ne sentait plus la fatigue ni la déprime, mais une formidable colère. Furieux au-delà des mots, il grimpa les marches deux par deux, parcourut le couloir et fit irruption sans même frapper dans la chambre d'amis. Eclairée par la faible clarté d'une lampe de chevet à abat-jour rose, Caroline était étendue au beau milieu du lit, les oreillers éparpillés sur le sol.

La trouver ainsi ne fit qu'accroître son exaspération. Cette fille avait un sacré culot : elle débarquait sans crier gare, bouleversait la maison, gâchait sa soirée, occupait la chambre d'amis et les faisait tous tourner en bourriques. Il traversa à grands pas la pièce et posa brutalement le plateau sur la table de chevet. La lampe trembla légèrement et son whisky déborda.

Elle le regardait fixement de ses yeux immenses, les cheveux défaits et emmêlés, tels des écheveaux de soie. Sans un mot, il ramassa les oreillers et les glissa derrière son dos, comme s'il avait affaire à une poupée incapable de s'asseoir toute seule.

195

Elle avait une expression rebelle, la lèvre inférieure boudeuse, à la manière d'un enfant gâté. Il prit la serviette sur le plateau et la lui attacha autour du cou comme avec l'intention de l'étrangler, puis il enleva le couvercle du bol.

— Si vous me faites manger cela, je vais être malade, articula-t-elle.

Oliver prit la cuillère.

— Si vous l'êtes, je vous frapperai.

La lèvre inférieure de Caroline se mit à trembler devant cet ignoble chantage.

— Maintenant, ou lorsque j'irai mieux ? demanda-t-elle avec amertume.

— Les deux, répondit brutalement Oliver. Maintenant, ouvrez la bouche.

Elle s'exécuta, plus sous l'effet de la stupéfaction que par obéissance, et il lui versa une cuillerée dans la gorge. Elle avala avec un léger haut-le-cœur et lui lança un regard de reproche, auquel il répondit par un froncement de sourcils menaçant. La seconde cuillerée glissa à son tour. Puis la troisième. A la quatrième, elle s'était mise à pleurer. Des larmes silencieuses emplissaient ses yeux, coulaient le long de ses joues. Sans y prêter attention, Oliver continuait à la faire manger. Quand elle eut fini, son visage était inondé de larmes. Il reposa le bol sur le plateau et dit sans la moindre compassion :

— Vous voyez, vous n'êtes pas malade.

Caroline poussa un gros sanglot, incapable de répondre. Brusquement la colère d'Oliver disparut, il avait envie de sourire, plein d'un tendre amusement. Son explosion de rage, tel un orage, l'avait libéré et rendu à lui-même, et il était soudain calme et détendu, tous les ennuis et les frustrations de la journée reprenant leur juste place. Il n'y avait plus que la pièce, agréable et paisible, la clarté de la lampe à l'abat-jour rose, le reste de whisky dans son verre, et Caroline Cliburn, qu'il avait réussi à nourrir et à dompter.

Il lui retira gentiment la serviette du cou et la lui tendit.

— Si vous voulez vous en servir comme mouchoir.

Elle prit la serviette avec un regard reconnaissant et s'en essuya les yeux et les joues, puis se moucha vigoureusement. Une mèche de cheveux, mouillée par ses larmes, était collée à sa joue ; d'un doigt, Oliver l'écarta et la fit passer derrière son oreille.

La spontanéité de son geste, le caractère

inattendu de ce contact physique provoquèrent une réaction en chaîne. Pendant un instant le visage de Caroline refléta l'étonnement, puis un immense soulagement. Comme si c'était la chose la plus naturelle du monde, elle se pencha vers lui et posa son front contre la laine rêche de son chandail, et Oliver, machinalement, entoura de ses bras ses minces épaules et la serra contre lui, le haut de sa tête soyeuse sous son menton. Il pouvait sentir toute sa fragilité, ses os, les battements de son cœur. Au bout d'un moment il dit :

— Vous allez tout me raconter, n'est-ce pas ?

Et Caroline acquiesça, tout en glissant sa tête sur sa poitrine. Sa voix parvint étouffée à Oliver.

— Oui. Je crois qu'il est temps.

Elle commença par où tout avait commencé : Aphros.

— Après la mort de ma mère, nous sommes partis vivre là-bas. Jody était encore un bébé : il a parlé grec avant sa propre langue. Mon père était architecte, il allait à Aphros pour bâtir des maisons, mais, lorsque les Anglais ont commencé à découvrir l'île et à vouloir s'y installer, il est devenu une sorte d'agent immobilier,

achetant des propriétés et supervisant les travaux de reconversion. Peut-être Angus aurait-il
été différent s'il avait été élevé en Angleterre. Je
n'en sais rien. Toujours est-il que nous avons
fait notre scolarité à Aphros parce que notre
père n'avait pas les moyens de nous rapatrier.

Elle interrompit le cours de son récit pour
expliquer la psychologie d'Angus.

— Il a toujours été libre. Mon père ne se sou-
ciait pas de nous, ni de ce que nous faisions. Il
nous laissait aller et venir en toute liberté.
Angus passait l'essentiel de son temps avec les
pêcheurs et, lorsque nous avons quitté l'école, il
est resté à Aphros, et il semblait exclu qu'il
trouve un travail. Puis Diana est arrivée.

— Votre belle-mère ?

— Oui. Venue dans l'île avec l'intention
d'acheter une maison, elle a demandé à mon
père de lui servir d'agent. Mais finalement elle
n'a jamais acheté de maison, car elle a épousé
papa et est venue vivre avec nous.

— Est-ce que cela a changé beaucoup de
choses ?

— Pour Jody et moi, oui. Pas pour Angus.

— Elle vous était sympathique ?

— Oui.

Caroline plissa la lisière du drap, méticuleusement, comme s'il s'agissait d'une tâche que Diana lui aurait demandé d'exécuter et qui devait être accomplie à la perfection.

— Oui, je l'ai tout de suite aimée, et Jody aussi. Mais Angus était trop âgé pour subir son influence et… elle était trop intelligente pour chercher à l'influencer. Puis mon père est mort et elle a dit que nous devions tous rentrer à Londres, mais Angus a refusé. Il n'est pas non plus resté à Aphros. Il s'est acheté une Mini Moke d'occasion et est parti aux Indes en passant par la Syrie et la Turquie. Il nous envoyait des cartes postales exotiques.

— Et vous êtes rentrés à Londres ?

— Oui. Diana avait une maison à Milton Gardens. Nous habitons toujours là.

— Et Angus ?

— Il y est venu une fois, mais ça n'a pas marché. Diana et lui ont eu une violente dispute parce qu'il ne voulait pas se conformer à la norme, refusait de se couper les cheveux, de se raser la barbe et de porter des chaussures comme tout le monde. Vous imaginez. De toute manière, Diana s'était remariée avec un ancien petit ami à elle du nom de Shaun

200

Carpenter. Elle s'appelle maintenant Diana
Carpenter.

— Et M. Carpenter ?

— Il est charmant, mais il manque de caractère. Diana fait de lui ce qu'elle veut, elle le
manipule comme elle nous a tous manipulés.
Mais avec le plus grand tact. C'est difficile à
expliquer.

— Et vous, dans tout cela ?

— J'ai terminé mes études secondaires, puis
je suis entrée au conservatoire de théâtre.

Elle regarda Oliver avec un pâle sourire.

— Diana y était opposée. Elle avait peur que
je devienne une hippie ou que je me mette à me
droguer ou que je suive le même chemin
qu'Angus.

Oliver sourit.

— C'est ce que vous avez fait ?

— Non. Mais elle m'a dit aussi que je ne tar-
derais pas à abandonner, et elle avait raison. Je
m'en sortais pas mal, j'avais même réussi à trouver un travail dans un théâtre, mais...

Elle s'arrêta. Le visage d'Oliver était doux et
compréhensif. C'était facile de lui parler. Elle
n'avait pas imaginé que ce serait aussi simple. Il
n'avait rien fait d'autre, de toute la journée, que

de lui signifier par tous les moyens possibles qu'elle n'était qu'une idiote, mais elle savait qu'il ne la traiterait pas d'imbécile pour être tombée amoureuse d'un homme qui n'était pas pour elle.

— … eh bien, je suis sortie avec cet homme… J'étais stupide, j'imagine, et bien naïve, je croyais qu'il tenait à moi. Mais les acteurs n'ont qu'une chose en tête : leur carrière. Très ambitieux, il n'échappait pas à la règle. Il m'a tout simplement laissée tomber pour aller chercher la gloire ailleurs. Il s'appelait Drennan Colefield. Il est assez connu, maintenant. Vous avez peut-être entendu parler de lui…

— En effet.

— Il a épousé une actrice française. Je crois qu'ils vivent à Hollywood à présent. Il va faire toute une série de films. Toujours est-il qu'après Drennan tout est allé de travers, j'ai attrapé une pneumonie et j'ai fini par tout abandonner.

Elle se remit à plisser le drap.

— Et Angus ? demanda doucement Oliver. Quand est-il arrivé en Ecosse ?

— Jody a reçu une lettre de lui, il y a une ou deux semaines. Mais il ne m'en a parlé que dimanche dernier.

— Et pourquoi est-ce si important que vous le voyiez ?

— Parce que Diana et Shaun vont s'en aller vivre au Canada. Shaun a été nommé là-bas, et ils doivent partir dès que... enfin, dans très peu de temps. Et ils comptent emmener Jody avec eux. Seulement Jody ne veut pas les suivre, mais Diana l'ignore. Il ne l'a dit qu'à moi et m'a demandé de l'accompagner en Ecosse pour voir Angus. Il voudrait que son frère vienne vivre à Londres avec lui ; de cette façon, il ne serait pas obligé de quitter l'Angleterre.

— Vous pensez que cela peut se faire ?

— Rien n'est moins sûr. Mais il fallait tenter cette démarche. Par amour pour Jody, il fallait que j'essaie.

— Mais Jody ne peut-il rester avec vous ?

— Non.

— Pourquoi ?

Caroline haussa les épaules.

— Ça ne marcherait pas. De toute manière, Diana n'accepterait jamais. Angus, lui, est plus âgé. Il a maintenant vingt-cinq ans. S'il était résolu à s'occuper de Jody, elle ne pourrait pas l'en empêcher.

— Je vois.

— Voilà pourquoi nous sommes venus le trouver. Nous avons emprunté la voiture de Caleb Ash, un ami de mon père qui habite un appartement au bout du jardin de Diana. Il aime bien Diana, mais je ne crois pas qu'il approuve sa façon de diriger nos vies. Il a donc bien voulu nous prêter sa voiture, à condition que nous lui disions où nous allions.

— Mais vous n'avez pas prévenu Diana ?

— Nous lui avons laissé une lettre expliquant que nous allions en Ecosse. C'est tout. Si je lui en avais dit davantage, elle nous aurait déjà rattrapés. Voilà de quoi elle est capable.

— Ne va-t-elle pas s'inquiéter ?

— Certainement. Mais je lui ai écrit que nous serions de retour vendredi.

— Mais ce ne sera pas le cas. A moins qu'Angus ne rentre avant.

— Je sais.

— Ne pensez-vous pas que ce serait une bonne idée de lui téléphoner ?

— Non. Pas encore. Par égard pour Jody, il vaut mieux ne pas le faire.

— Mais elle comprendra sûrement.

— D'une certaine manière, oui, mais pas entièrement. Si Angus avait été différent…

204

Sa phrase s'acheva sur une note de désespoir.

— Alors, qu'allons-nous faire ? demanda Oliver.

Le « nous » désarma Caroline.

— Je ne sais pas, dit-elle, tandis que sur son visage l'espoir avait remplacé le désespoir. Attendre ?

— Pendant combien de temps ?

— Jusqu'à vendredi. Je vous promets qu'alors nous appellerons Diana et que nous rentrerons à Londres.

Oliver réfléchit, puis acquiesça, non sans quelque réticence.

— Ce n'est pas que j'approuve, ajouta-t-il.

— Voilà qui n'est pas nouveau. Depuis le moment où nous avons franchi cette porte, vous n'avez cessé de me faire sentir votre désapprobation.

— Vous admettrez que ce n'est pas sans raison.

— Si je suis allée à Strathcorrie aujourd'hui, c'est uniquement à cause de ce que j'ai appris au sujet de votre frère. Sinon jamais je n'aurais agi de cette manière. J'étais très mal à l'aise, terriblement embarrassée de me trouver chez vous à un moment aussi désespéré.

205

— Rassurez-vous. J'ai dépassé le stade du désespoir.

— Qu'allez-vous faire ?

— Vendre Cairney et rentrer à Londres.

— Vous ne trouvez pas ça triste ?

— Triste, oui, mais ce n'est pas la fin du monde. Cairney, tel que je m'en souviens, est dans ma tête, indestructible. Ce n'est pas tant la maison qui compte que toutes les bonnes choses qui s'y sont passées. Les prémices d'une vie très heureuse. Je garderai toujours cela en moi, même si je deviens un vieillard aux cheveux blancs et sans dents.

— C'est comme Aphros, pour Jody et moi. Tous les événements heureux de ma vie me rappellent Aphros. Le soleil, les maisons blanches, le ciel bleu, le vent soufflant de la mer, et l'odeur des pins et des géraniums en pots. Comment était votre frère ? Vous ressemblait-il ?

— Il n'y avait pas plus gentil que Charles, et il ne me ressemblait guère.

— C'est-à-dire ?

— C'était un rouquin, qui travaillait dur et se trouvait à Cairney comme un poisson dans l'eau. C'était un bon fermier, un brave homme.

206

— Si Angus avait été comme lui, les choses auraient été bien différentes.

— Si Angus avait été comme Charles, vous ne seriez pas allée le chercher en Ecosse, vous ne seriez jamais venue à Cairney, et je ne vous aurais jamais rencontrés, votre frère et vous.

— Je ne sais pas si c'est une très bonne chose.

— C'est tout au moins ce que Mme Cooper appellerait une « expérience ».

Ils s'esclaffèrent. Leurs rires furent interrompus par des coups à la porte et, quand Caroline répondit « Entrez », la porte s'ouvrit et la tête de Jody apparut dans le chambranle.

— Jody.

Il entra lentement dans la pièce.

— Oliver, Mme Cooper m'envoie vous dire que votre dîner est prêt.

— Mon Dieu, c'est déjà l'heure ? dit-il en jetant un regard à sa montre. Très bien. J'arrive.

Jody vint au chevet de sa sœur.

— Tu te sens mieux maintenant ?

— Oui, beaucoup mieux.

Oliver se leva, ramassa le plateau vide et se dirigea vers la porte.

— Où en es-tu du puzzle ? demanda-t-il à Jody.

— J'ai continué, mais je ne suis pas arrivé à grand-chose.

— Eh bien, nous ne nous coucherons pas avant de l'avoir terminé.

Il se tourna vers Caroline.

— Dormez, maintenant. A demain matin.

— Bonne nuit, dit Jody.

— Bonne nuit, Jody.

Après leur départ, elle éteignit la lampe de chevet. Les étoiles brillaient dans le ciel, que l'on pouvait apercevoir par la fenêtre aux rideaux à moitié tirés. Un courlis chanta et le vent fit frémir les branches des grands pins. Caroline était au bord du sommeil, mais avant d'y sombrer deux curieuses pensées lui vinrent à l'esprit.

La première était de constater qu'après tout ce temps son cœur avait finalement cessé de battre pour Drennan Colefield. Elle avait parlé de lui, prononcé son nom sans le moindre émoi. Il appartenait maintenant au passé, il ne l'intéressait plus, c'était une histoire réglée, et elle sentit comme un grand poids qui tombait de ses épaules.

La seconde pensée était plus déroutante. Elle songeait que, si elle avait raconté à Oliver tout

le reste, elle avait été incapable de lui parler de
Hugh. Il devait bien y avoir une raison à cela…
il y avait une raison à tout… mais elle s'endor-
mit avant même d'avoir commencé à chercher
la réponse.

6

Le lendemain matin, c'était le 1ᵉʳ avril, et le beau temps était enfin au rendez-vous, surgi comme par un coup de baguette magique. Le vent était tombé, le soleil s'était levé dans un ciel sans nuages, le thermomètre indiquait une hausse importante de la température. L'air, doux et parfumé, sentait la terre fraîchement retournée. La neige avait fondu, laissant apparaître des bancs de perce-neige, de jeunes et minuscules crocus, et, sous les hêtres, un tapis d'aconits d'un jaune brillant. Les oiseaux chantaient, les portes restaient ouvertes pour accueillir la chaleur, les cordes d'étendage se couvraient de rideaux et de couvertures, signes annonciateurs d'un grand nettoyage de printemps.

A Rossie Hill, vers dix heures, le téléphone se

mit à sonner. Duncan était sorti, mais Liz s'activait à l'intérieur de la maison, arrangeant dans un vase un bouquet de branches de saule et de grandes jonquilles. Elle posa son sécateur, s'essuya les mains et alla répondre.

— Allô ?

— Elizabeth !

C'était sa mère qui appelait de Londres. Son ton était plein d'impatience et Liz fronça les sourcils. Encore blessée par l'attitude désinvolte d'Oliver, la veille au soir, elle n'était pas très bien disposée.

Elaine, cependant, n'en devait rien savoir.

— Ma chérie, je sais que ce n'est pas raisonnable de téléphoner comme ça le matin, mais je venais simplement aux nouvelles. Je me doutais bien que tu ne m'appellerais pas. Alors, ce dîner ?

Liz, résignée, s'affaissa sur une chaise.

— Il n'y a pas eu de dîner.

— Que veux-tu dire ?

— Oliver m'a téléphoné à la dernière minute pour annuler.

— Oh, ma chérie, comme tu as dû être déçue ! Et moi qui étais impatiente de savoir comment cela s'était passé. Tu avais l'air si contente.

Elle attendit ; comme sa fille ne semblait pas

211

vouloir lui donner plus de détails, elle ajouta, tentant d'en apprendre davantage :

— Vous ne vous êtes pas disputés, tout de même ?

Liz eut un bref éclat de rire.

— Bien sûr que non. Il n'a simplement pas pu venir. Il est débordé, je suppose. Papa l'a invité à déjeuner, hier, et ils ont parlé affaires tout le temps. A propos, papa va acheter Cairney.

— Eh bien, voilà qui va occuper ton père en tout cas, dit-elle d'un ton acerbe. Oh, pauvre Oliver ! Quelle triste perspective pour lui ! Il traverse un moment difficile. Il faut que tu sois très patiente et très compréhensive, ma chérie.

Ne souhaitant pas poursuivre sur ce sujet, Liz demanda :

— Quoi de neuf dans la capitale ?

— Toutes sortes de choses. Nous ne rentrerons pas à Paris avant une semaine ou deux. Parker doit rencontrer des pompiers venus de New York, c'est pourquoi nous sommes encore ici. C'est agréable de voir du monde, d'entendre les nouvelles. Oh, mais je sais ce qu'il faut que je te raconte. Il est arrivé quelque chose d'incroyable.

Sa mère avait pris son ton de commère ; sachant que la communication téléphonique durerait encore au moins dix bonnes minutes, Liz prit une cigarette et s'installa confortablement pour l'écouter.

— Tu connais Diana et Shaun Carpenter ? Eh bien, figure-toi que les beaux-enfants de Diana ont disparu. Oui, bel et bien disparu. Ils se sont littéralement volatilisés. Enfin, ils ont laissé une lettre disant qu'ils allaient en Ecosse – quelle idée ! – pour voir leur frère Angus, un hippie de la pire espèce. Diana a eu beaucoup de soucis avec lui. Il passe son temps à chercher la vérité en Inde ou là où ces gens pensent pouvoir la découvrir. L'Ecosse est le dernier lieu où j'aurais cru qu'il irait, ce pays de rustres en tweed aussi frustes que leur plat national ! Je dois dire que j'ai toujours trouvé que Caroline était une fille bizarre. Elle a essayé de faire du théâtre à une époque et a connu un terrible échec, mais je ne la pensais pas assez extravagante pour aller jusqu'à disparaître.

— Que compte faire Diana ?

— Que peut-elle faire, à ton avis ? Elle veut à tout prix éviter de mettre la police sur le coup. Après tout, bien qu'il y ait un enfant dans l'histoire, Caroline est censée être adulte... elle devrait être capable de s'occuper de lui. Et Diana redoute que les journaux ne s'emparent de l'affaire et n'en éclaboussent toutes les premières pages des éditions du soir. Et, comme si cela ne suffisait pas, le mariage est mardi, et Hugh a une certaine réputation professionnelle à soutenir.

— Le mariage ?

— Le mariage de Caroline, enfin !

Elaine paraissait exaspérée, comme si elle avait affaire à la dernière des imbéciles.

— Elle épouse le frère de Diana, Hugh Rashley, ce mardi. La préparation au mariage doit avoir lieu lundi, et ils ne savent pas même où se trouve Caroline. Tout cela est bien pénible. Décidément, cette fille est bien étrange, ce n'est pas ton avis ?

— Je ne sais pas. Je ne l'ai jamais rencontrée.

— Oui, bien sûr. C'est idiot, j'oublie toujours que tu ne la connais pas. Mais tu sais, j'étais persuadée qu'elle aimait beaucoup Diana, et jamais je n'aurais imaginé qu'elle lui ferait une chose pareille. Oh, ma chérie, tu ne me feras pas ça, au moment de ton mariage ? Et je te souhaite qu'il soit pour bientôt, et avec l'homme de ta vie. Je ne prononce pas de nom, mais tu sais à qui je pense. A présent, il faut que je te laisse. J'ai un rendez-vous chez le coiffeur, et je vais être en retard, si ça continue. Surtout, ma chérie, ne t'inquiète pas à propos d'Oliver. Va donc le voir, et montre-toi douce et compréhensive. Je suis sûre que tout se passera bien. Il me tarde de te retrouver, tu sais. Reviens vite.

— Certainement.

— Au revoir, ma chérie... Le bonjour à ton père, ajouta-t-elle après coup.

Mais le cœur n'y était pas.

Profitant de cette belle matinée, Caroline Cliburn était étendue sur un lit de bruyère, la chaleur du soleil comme un manteau sur son corps, le bras replié sur ses yeux pour se protéger de son éclat. Tous ses autres sens étaient en éveil. Elle entendait le chant des courlis, le mugissement d'une vache au loin, le clapotis de l'eau, le doux murmure d'une brise mystérieuse, dont on soupçonnait à peine l'existence. Ses narines étaient pleines de l'odeur suave de la neige, de l'eau claire et de la terre humide revêtue de sa sombre couverture de tourbe mousseuse. Elle pouvait sentir la truffe fraîche de Lisa, la vieille chienne labrador, qui, allongée à ses côtés, pressait son museau dans sa main.

Oliver Cairney, assis à côté d'elle, fumait une

cigarette, les mains entre les genoux, suivant du regard Jody qui, au milieu d'un petit loch, s'efforçait de faire avancer une grande barque avec une paire de rames trop longues pour lui. Par moments un plouf inquiétant faisait lever la tête à Caroline, puis, constatant qu'il avait tout simplement attrapé un crabe ou qu'il faisait décrire des petits cercles à sa barque, rassurée, elle se rallongeait dans la bruyère et se couvrait à nouveau les yeux.

— Si je ne lui avais pas mis ce gilet de sauvetage, vous seriez en train de courir comme une folle sur la berge.

— Sûrement pas. Je l'aurais accompagné.

— En ce cas, vous seriez tous les deux bons pour la noyade.

La bruyère la piquant sous sa chemise, elle se redressa, chassant un insecte de son bras, et écarquilla les yeux dans le soleil.

— C'est à peine croyable, n'est-ce pas ? Il y a deux jours, nous étions en plein blizzard. Et aujourd'hui, nous avons ce temps superbe.

Calme et claire, la surface du loch reflétait un ciel d'été. Au loin, par-delà la berge bordée de roseaux, la lande s'élevait en pentes couvertes de bruyères, couronnées par un affleurement

rocheux, tel un phare au sommet d'une montagne. Un troupeau de moutons y broutait,
faisant entendre, dans la quiétude matinale, de
plaintifs bêlements. La barque, vaillamment
gouvernée par Jody, glissait avec un léger grin-
cement sur l'eau. Les cheveux du petit garçon
étaient dressés en touffe sur sa tête et ses joues
commençaient à rosir.

— C'est un endroit ravissant, dit Caroline. Je
ne m'étais pas rendu compte à quel point c'était
joli.

— C'est le meilleur moment de l'année. La
nature est splendide durant un mois ou deux,
pendant toute la période où les feuilles des
hêtres s'ouvrent et les jonquilles sortent, puis
soudain l'été est là. C'est de nouveau magnifique en octobre, avec les arbres en feu, le ciel
d'un bleu profond et la bruyère toute pourpre.

— N'allez-vous pas regretter tout ça ?

— Si, bien sûr, mais qu'y puis-je ?

— Vous allez vendre ?

— Oui.

Il fit tomber le mégot de sa cigarette et
l'écrasa avec le talon de sa chaussure.

— Vous avez un acheteur ?

— Oui. Duncan Fraser, mon voisin. Il habite

de l'autre côté de la vallée. On ne peut voir sa maison, qui est cachée par ce bouquet de pins. Il veut réunir les deux terrains. Pour cela, il suffit d'enlever la clôture.

— Et la maison ?

— Il faudra la vendre séparément. Je dois me rendre à Relkirk, cet après-midi, pour discuter de la chose avec le notaire et conclure éventuellement un accord.

— Vous n'allez rien garder de Cairney ?

— C'est un sujet qui, dirait-on, vous tient à cœur !

— Les hommes sont généralement sentimentaux en matière de terres et de traditions.

— C'est peut-être mon cas.

— Mais cela ne vous dérange pas de vivre à Londres ?

— Pas du tout. J'aime Londres.

— Que faites-vous ?

— Je travaille pour Bankfoot & Balkaries. Au cas où vous n'en auriez jamais entendu parler, il s'agit de l'un des plus importants cabinets d'ingénieurs-conseils du pays.

— Et où habitez-vous ?

— Je loue un appartement dans une rue donnant dans Fulham Road.

— Ce n'est pas très loin de chez nous.

Elle sourit en pensant que, tout en étant de proches voisins, ils ne s'étaient jamais rencontrés.

— Et dire qu'il a fallu que nous venions en Ecosse pour faire connaissance ! C'est un joli appartement ?

— Il me plaît.

Elle essaya de s'en faire une idée, mais n'y réussit pas, ayant du mal à imaginer Oliver dans un autre cadre que Cairney.

— Il est grand ou petit ?

— Plutôt grand. J'ai quatre grandes pièces. C'est le rez-de-chaussée d'une vieille maison.

— Vous avez un jardin ?

— Oui, bien que le chat de mon voisin ait tendance à l'accaparer. J'ai un grand salon et une cuisine où il est possible de manger, deux chambres et une salle de bains. Tout le confort moderne, sauf que ma voiture doit moisir dehors par tous les temps. A présent, que voulez-vous savoir d'autre ?

— Rien d'autre.

— La couleur de mes rideaux peut-être ? Eh bien, je dirais gris éléphant.

Il mit ses mains en porte-voix et cria en direction du loch :

— Hé, Jody !

Jody s'immobilisa et regarda autour de lui, brandissant les rames ruisselantes.

— Ça suffit maintenant. Il est temps de rentrer.

— D'accord.

— Oui, c'est bien. Tire avec la rame gauche. Non, la gauche, idiot ! Voilà, comme ça.

Il se leva et remonta la jetée en bois, au bout de laquelle il attendit, immobile, que la barque, dans sa lente progression, arrive à sa portée. Puis, s'accroupissant pour attraper l'amarre, il tira l'embarcation à lui. Le visage rayonnant, Jody déchargea les lourdes rames ; Oliver l'en débarrassa, puis attacha la barque, tandis que le petit garçon mettait pied à terre. Comme il rejoignait sa sœur, elle remarqua que ses baskets étaient trempées et que son jean était mouillé jusqu'aux genoux. Il paraissait très content de lui.

— Tu t'es bien débrouillé, lui dit Caroline.

— J'aurais pu faire mieux si les rames n'avaient pas été aussi grandes.

Il défit les cordons de son gilet de sauvetage et le passa par-dessus sa tête.

— Caroline, tu ne crois pas que ce serait merveilleux si on pouvait rester toujours ici ? Il y a tout ce dont on peut rêver.

C'est une pensée qui avait plusieurs fois traversé l'esprit de Caroline au cours de la matinée. Et chaque fois elle s'était traitée d'idiote. A présent, ce fut Jody qu'elle traita d'idiot. Son irritation le surprit.

Oliver resserra la corde autour du bollard en bois, puis, hissant les rames sur ses épaules, il les porta jusqu'au vieux hangar à bateau, où Jody vint ranger son gilet de sauvetage. Ils fermèrent la porte gauchie et, traversant le gazon élastique, s'en furent retrouver Caroline, sensible au joli tableau que formaient le grand jeune homme et le petit garçon aux taches de rousseur, avec le soleil et le scintillement de l'eau en arrière-plan.

— Allez, debout ! fit Oliver en parvenant à sa hauteur.

Il lui tendit la main pour l'aider à se lever. Lisa se redressa également et agita la queue, dans l'expectative d'une agréable promenade.

— Nous étions partis pour aller nous promener, si je me souviens bien, dit Oliver. Et nous sommes restés cloués au soleil à regarder Jody faire de l'exercice.

— Et où allons-nous, maintenant ? demanda Jody.

— Je voudrais vous montrer quelque chose. C'est juste à côté.

Ils le suivirent en file indienne, empruntant, le long du loch, les sentiers parcourus par les moutons. Ils arrivèrent en haut d'une côte, au-delà de laquelle le loch s'incurvait brusquement, et aperçurent, au bout de cette courbe, une petite maison abandonnée.

— C'est ça que vous vouliez nous montrer ? demanda Jody.

— Oui.

— C'est une ruine.

— Je sais. Elle est inhabitée depuis des années. Charles et moi venions jouer ici. Une fois, nous avons même eu l'autorisation d'y dormir.

— Qui habitait là ?

— Je ne sais pas. Un berger ou un petit fermier. Ces murets formaient des parcs à moutons, et il y a un sorbier dans le jardin. Autrefois, les gens plantaient des sorbiers devant leur maison pour leur porter bonheur.

— Je ne sais pas à quoi ressemble un sorbier.

222

— C'est un arbre avec des feuilles duveteuses et des baies d'un rouge brillant, un peu comme le houx.

Comme ils s'approchaient de la maison, Caroline vit qu'elle n'était pas aussi délabrée qu'elle le paraissait au premier abord.

Construite en pierre, elle donnait une impression de solidité et, bien que le toit en tôle ondulée fût en très mauvais état et que la porte pendît sur ses gonds, manifestement c'était autrefois une demeure respectable, nichée au creux de la colline et pourvue d'un jardin dont on distinguait encore les traces entre les murs de pierres sèches. Ils remontèrent un vague chemin et franchirent la porte. Oliver passa prudemment la tête sous le bas linteau, au-delà duquel s'étendait une grande pièce vide à l'exception d'un poêle rouillé, d'une chaise cassée et, sur le sol, des restes d'un nid d'hirondelle. Le plancher, fissuré et troué, était taché de fientes d'oiseaux et balayé par les rayons obliques du soleil, où dansaient des atomes de poussière.

Posée dans un coin, une échelle moisie permettait d'accéder à l'étage supérieur.

— Vous voyez, il y a même un étage, dit Oliver. Qui veut monter ?

223

Jody fit la grimace.

— Pas moi.

Sans vouloir l'avouer, il avait peur des araignées.

— Je vais dans le jardin. Je voudrais voir le sorbier. Allez, viens, Lisa, tu m'accompagnes.

Restés seuls, Oliver et Caroline entreprirent de grimper à l'échelle, à laquelle il manquait plus de barreaux qu'il ne lui en restait. Ils débouchèrent dans un grenier inondé de lumière, le soleil se déversant à flots par les ouvertures béantes du toit. Le plancher, pourri, était friable, mais les poutres sous leurs pieds étaient saines. Oliver avait juste assez d'espace pour se tenir debout, au centre de la pièce, le sommet du crâne à seulement un centimètre du faîte.

Caroline passa prudemment la tête par l'un des trous du toit et aperçut Jody dans le jardin au-dessous, suspendu comme un singe à une branche du sorbier. Elle pouvait voir les contours sinueux du loch, l'étendue verte des prés tout proches, où broutait un troupeau de vaches, taches brun et blanc semblables, à cette distance, à des jouets, et tout au loin le tracé de la grand-route. Elle retira la tête et se tourna vers Oliver. Il avait une toile d'araignée au menton.

224

— Alors qu'en dites-vous, ma p'tite dame ? dit-il avec un accent des faubourgs. Une couche de peinture, et vous ne reconnaîtrez plus l'endroit.

— Vous pensez sérieusement qu'il est possible d'en faire quelque chose ?

— Je ne sais pas. L'idée vient seulement de m'effleurer. Si je vends la maison de Cairney, j'aurai peut-être suffisamment d'argent pour entreprendre des travaux.

— Mais il n'y a pas d'eau courante.

— Je peux la faire installer.

— Il n'y a pas de puisard.

— Une fosse septique fera largement l'affaire.

— Il n'y a pas d'électricité non plus.

— La lumière des lampes à pétrole et des bougies est bien plus agréable.

— Avec quoi cuisinerez-vous ?

— Avec un Butagaz.

— Et quand y viendrez-vous ?

— Pendant les week-ends et les vacances. Je pourrais y amener mes enfants.

— Je ne savais pas que vous aviez des enfants.

— Je n'en ai pas encore. Pas à ma connaissance, du moins. Mais une fois marié, je serais content d'avoir une belle petite propriété comme

225

celle-là. J'aurais ainsi le sentiment de conserver un peu Cairney, ce qui devrait satisfaire votre sentimentalité.

— C'est donc important pour vous.

— Caroline, la vie est trop courte pour regarder derrière soi. C'est un coup à s'égarer, à trébucher et probablement à se ramasser. Je préfère regarder devant moi.

— Mais cette maison…

— Ce n'est qu'une idée. Je pensais que cela vous amuserait de la voir. Allez, venez, il faut rentrer maintenant, sinon Mme Cooper va croire que nous nous sommes tous noyés.

Il descendit le premier, posant prudemment le pied sur les barreaux restants, avant d'y porter tout son poids. Arrivé en bas, il attendit Caroline, lui tenant l'échelle. Mais à mi-chemin, soudain prise de vertige, elle s'immobilisa, incapable de monter ou de descendre. Eclatant de rire, il lui conseilla de sauter, mais elle lui dit qu'elle ne le pouvait pas, et comme il lui répondait que le dernier des imbéciles pouvait le faire, elle partit à son tour d'un éclat de rire qui n'améliora pas sa situation ; le bois craqua de manière inquiétante, et elle finit par glisser, pour atterrir, après un plongeon lui faisant perdre toute sa dignité, dans les bras d'Oliver.

Il y avait une brindille de bruyère dans ses cheveux pâles, son chandail était encore imprégné de la chaleur du soleil, et une longue nuit de sommeil avait effacé les cernes sous ses yeux. Sa peau était douce et légèrement rosée, son visage, tourné vers Oliver, sa bouche, ouverte dans un éclat de rire. Tout naturellement, avec la plus grande spontanéité, il se pencha vers elle et l'embrassa. Leurs rires s'éteignirent. Elle resta un moment immobile, puis, posant les mains sur sa poitrine, elle le repoussa doucement. Elle ne riait plus, et il y avait sur son visage une expression qu'il ne lui avait encore jamais vue.

— C'est cette journée, finit-elle par lâcher.

— Que voulez-vous dire ?

— Que ce baiser est à mettre au compte de cette belle journée, du soleil, du printemps.

— Vous le regrettez ?

— Je ne sais pas.

Elle s'arracha à son étreinte et se dirigea vers la porte. Elle se tint un moment appuyée contre le montant, sa silhouette se détachant dans la lumière, ses cheveux emmêlés formant comme une auréole autour de sa tête.

— C'est une maison adorable. Je pense que vous devriez la garder.

Jody avait abandonné le sorbier et, attiré par l'eau, était retourné au bord du loch, où il essayait de faire des ricochets. Cela avait pour effet d'affoler Lisa, qui ne savait si elle devait plonger pour aller chercher les pierres ou rester sur la berge. Caroline ramassa un gros caillou et le jeta dans l'eau : il ricocha trois fois avant de disparaître.

Jody était furieux.

— Pourquoi ne m'as-tu jamais appris à faire ça ? Allez, montre-moi.

Mais Caroline s'éloigna, incapable de répondre à sa demande et de le regarder en face. Elle venait en effet de comprendre pourquoi son cœur avait cessé de battre pour Drennan Colefield. Et, ce qui la terrifiait davantage, elle savait maintenant pourquoi elle avait caché à Oliver qu'elle allait épouser Hugh.

En arrivant à Cairney, Liz trouva la maison apparemment désertée. Elle s'arrêta devant le perron et coupa le contact, attendant que l'on vienne à sa rencontre. Comme personne ne se manifestait, elle descendit de voiture, franchit la

228

porte, qui était grande ouverte, et s'arrêta dans le vestibule pour appeler Oliver. Elle n'eut pas plus de chance. Entendant des bruits domestiques venant de la cuisine, elle s'engagea, familiarisée comme elle l'était avec les lieux, dans le couloir et, poussant la porte battante, surprit Mme Cooper qui rentrait du jardin, où elle venait d'étendre des torchons.

Celle-ci sursauta et mit la main sur son cœur.

— Liz !

Mme Cooper la connaissait depuis qu'elle était enfant, et il ne lui serait jamais venu à l'idée de l'appeler « mademoiselle Fraser ».

— Je suis désolée. Je ne voulais pas vous faire peur. Oliver n'est pas là ?

— Il est dehors, avec... les autres.

Son hésitation, si légère fût-elle, n'échappa pas à Liz. Elle leva les sourcils.

— Vous voulez parler de vos mystérieux visiteurs ? Je suis parfaitement au courant.

— Oh, ce ne sont que des enfants. Oliver les a emmenés au loch, le petit garçon voulait voir la barque.

Elle leva les yeux vers la pendule.

— Ils ne devraient pas tarder. Oliver a prévu de déjeuner de bonne heure, car il doit retourner cet après-midi à Relkirk pour avoir une nouvelle conversation avec le notaire. Vous voulez attendre ? Vous restez à déjeuner ?

— Je ne resterai pas déjeuner, mais je vais patienter un moment, et s'ils n'arrivent pas, je rentrerai. Je voulais savoir comment Oliver allait.

— Il va très bien. En un sens, tout ça lui a fait oublier son chagrin.

— Tout ça ?

— Oui, leur arrivée à l'improviste, après un accident de voiture, en pleine tempête de neige.

— Ils sont venus en voiture ?

— Oui, de Londres, semble-t-il. La voiture était dans un sale état, au beau milieu du fossé, et couverte de glace après une nuit dehors. Mais Cooper l'a emmenée au garage ; on lui a téléphoné tôt ce matin pour lui demander de venir la chercher. Elle est dans le hangar à l'arrière de la maison, toute prête à partir.

— Et quand partent-ils ? demanda Liz.

— Je ne sais pas exactement. On ne m'a rien dit. Ils ont parlé de leur frère à Strathcorrie, qui est absent pour le moment, et je crois qu'ils souhaitent attendre son retour. Mais si vous voyez Oliver, il vous racontera ça mieux que moi. Vous pourriez aller à leur rencontre.

— C'est une idée, dit Liz.

Mais, au lieu de prendre la direction du loch, elle s'installa sur le banc en pierre sous la fenêtre de la bibliothèque, mit ses lunettes noires et s'étendit au soleil.

Tout était calme, et elle entendit leurs voix résonner dans l'air matinal bien avant de les voir. L'allée du jardin contournait une haie de hêtres, et quand elle les aperçut, après qu'ils en eurent fait le tour, ils paraissaient plongés dans leur conversation et ne firent pas attention à elle. Le petit garçon venait en tête ; derrière lui Oliver, vêtu d'une vieille veste en tweed, un foulard rouge autour du cou, tirait par la main la jeune fille, comme pour l'empêcher de traîner.

Il parlait. Liz entendait les riches accents de sa voix sans parvenir à distinguer les mots. La fille s'arrêta et se pencha, ôtant probablement un caillou de sa chaussure, ses cheveux pâles tombant comme un long rideau devant son visage. Oliver s'arrêta à son tour et attendit patiemment, lui tenant toujours la main, sa tête brune penchée. Leur apparente intimité fit soudain peur à Liz. Elle avait l'impression qu'on lui cachait quelque chose, comme si une conspiration s'était ourdie contre elle. La pierre enlevée,

Oliver se remit à avancer, et c'est seulement alors qu'il remarqua la Triumph bleu foncé garée devant la maison, puis sa propriétaire. Liz laissa tomber sa cigarette, l'écrasa du talon et vint à leur rencontre. Oliver avait lâché la main de la jeune fille et, distançant le frère et la sœur, il gravit en courant le talus herbeux pour rejoindre Liz en haut de la pente.

— Liz !

— Bonjour, Oliver.

Il la trouva plus séduisante que jamais, moulée dans un pantalon couleur chamois, assorti à une veste en daim à franges. Il lui prit les mains et l'embrassa.

— Tu es venue me faire une scène après mon comportement d'hier soir ?

— Non, répondit-elle en toute franchise, jetant par-dessus l'épaule d'Oliver un regard vers Jody et Caroline qui traversaient lentement la pelouse. Je t'ai dit que j'étais intriguée par tes mystérieux invités. Je voulais faire leur connaissance.

— Nous sommes allés au loch.

Se tournant vers ses hôtes qui arrivaient, il fit les présentations.

— Caroline, voici Liz Fraser. Son père et elle

sont mes plus proches voisins. Liz est une habi-
tuée de la maison. Elle était à peine plus grosse
qu'une sauterelle qu'elle allait et venait déjà à
Cairney. Ce matin, je vous ai montré leur propriété à travers les arbres.

— Enchantée, dit Caroline.

Elles se serrèrent la main. Puis Liz enleva ses
lunettes de soleil et Caroline fut choquée par
l'expression de son regard.

— Bonjour, dit Liz en se tournant vers Jody.

— Enchanté, fit le petit garçon.

— Tu es là depuis longtemps ? demanda Oliver à la visiteuse.

— Dix minutes, pas plus.

— Tu déjeunes avec nous ?

— Mme Cooper me l'a gentiment proposé,
mais on m'attend à la maison.

— Alors, rentre boire un verre.

— Non, il faut que j'y aille. Je ne faisais que
passer.

Elle sourit à Caroline.

— Mme Cooper m'a parlé de vous. Elle m'a
dit que vous aviez un frère à Strathcorrie.

— Il n'y est pas depuis très longtemps.

— Je l'ai peut-être rencontré. Comment
s'appelle-t-il ?

Caroline marqua une hésitation, et Jody répondit à sa place :

— Il s'appelle Cliburn, comme nous. Angus Cliburn.

Après déjeuner, Oliver, furieux de devoir, par un aussi bel après-midi, porter un costume et une cravate pour se rendre en ville et passer le reste de la journée dans un cabinet de notaire sentant le renfermé, monta dans sa voiture.

Caroline et Jody le regardèrent s'éloigner dans l'allée en agitant la main. Lorsque la voiture fut hors de vue, ils restèrent un moment immobiles à écouter le bruit du moteur, tandis qu'Oliver s'arrêtait au carrefour, puis s'engageait sur la grand-route, changeait de vitesse et montait en vrombissant la côte.

Après son départ, ils se sentirent tout désemparés. Mme Cooper, la vaisselle faite et essuyée, était rentrée chez elle s'occuper de sa maison, non sans avoir étendu dehors, pendant qu'il faisait encore chaud, une grande quantité de linge. Jody, inconsolable, donnait des coups de pied dans le gravier.

Caroline le regardait avec sympathie, sachant ce qu'il éprouvait.

— Que veux-tu faire ?

— Je ne sais pas.

— Tu veux retourner au loch ?

— Je ne sais pas.

Il n'était plus, soudain, qu'un tout petit garçon abandonné par son meilleur ami.

— On pourrait faire un autre puzzle.

— Pas à l'intérieur.

— On peut s'installer au soleil.

— Je n'ai pas envie de faire un puzzle.

N'insistant pas davantage, Caroline alla s'asseoir sur le banc où, le matin même, Liz Fraser les attendait. S'apercevant que ses pensées se détournaient sans cesse de sa rencontre avec la jeune fille, elle les y ramena délibérément, essayant de comprendre pourquoi son apparition l'avait autant perturbée.

Sa présence à Cairney était, après tout, on ne peut plus naturelle. C'était apparemment une vieille amie de la famille, une proche voisine, et elle semblait connaître Oliver depuis toujours. Son père achetait Cairney. Quoi de plus normal qu'elle rende à son voisin une visite amicale et fasse la connaissance de ses invités ?

Et pourtant, il y avait autre chose. Dès l'instant où Liz avait enlevé ses lunettes et l'avait

235

regardée dans les yeux, Caroline avait senti de sa part une violente antipathie. Etait-ce de la jalousie ? Liz n'avait pourtant pas de quoi être jalouse. Elle était cent fois plus jolie que Caroline, et Oliver semblait beaucoup l'aimer. Peut-être s'était-elle montrée tout simplement possessive, comme une sœur peut l'être à l'égard d'un frère. Mais cela n'expliquait pas le fait que, tout en parlant avec elle, Caroline ait eu l'impression d'être, petit à petit, entièrement déshabillée.

Jody, accroupi, formait des petits tas de gravier avec ses mains, noires de poussière. Il redressa soudain la tête.

— Quelqu'un arrive !

Ils écoutèrent. Jody avait raison. Une voiture s'était engagée dans l'allée et s'approchait de la maison.

— Oliver a peut-être oublié quelque chose.

Ce n'était pas la voiture d'Oliver, mais la Triumph bleue garée quelques heures plus tôt devant la porte. Elle était maintenant décapotée, et ils reconnurent, au volant, Liz Fraser, avec ses cheveux éclatants et ses lunettes noires, une écharpe en soie autour du cou. Instinctivement, Caroline et Jody se levèrent, et la Triumph s'arrêta dans un nuage de poussière à moins de deux mètres d'eux.

— Re-bonjour, dit Liz en coupant le moteur.

Seule Caroline lui répondit. Jody, l'air absent, garda le silence. Liz descendit de voiture et claqua la portière. Elle enleva ses lunettes et Caroline vit que, si sa bouche souriait, ses yeux étaient sombres.

— Oliver est parti ?

— Oui, il y a dix minutes.

Liz sourit à Jody et se pencha vers la banquette arrière.

— Je t'ai apporté un cadeau. J'ai pensé que tu devais commencer à t'ennuyer.

Elle lui tendit un petit putter et une balle de golf.

— Il y avait autrefois un green sur la partie basse de la pelouse. Si tu regardes bien, je suis sûre que tu trouveras le trou et certaines des marques. Tu aimes le golf ?

Le visage de Jody s'illumina. Il adorait les cadeaux.

— Oh, merci ! Je ne sais pas. Je n'y ai jamais joué.

— C'est amusant. Très compliqué. Pourquoi ne vas-tu pas essayer ?

— Merci, répéta-t-il en se dirigeant vers la pelouse.

A mi-chemin, il se retourna.

— Lorsque j'aurai appris à jouer, vous viendrez faire une partie avec moi ?

— Bien sûr. Et nous ferons même des paris.

Il s'éloigna, dévalant la pente. Liz se tourna vers Caroline et son sourire s'éteignit.

— En fait, je souhaitais avoir une petite conversation avec vous. Nous serions mieux assises.

Elles prirent place sur le banc, Caroline sur ses gardes, Liz très à l'aise, allumant une cigarette avec un petit briquet en or.

— J'ai eu ma mère au téléphone, dit celle-ci.

N'ayant rien à répondre, Caroline attendit la suite.

— A part le fait que je m'appelle Liz Fraser et que j'habite à Rossie Hill, vous ignorez, bien sûr, qui je suis ? poursuivit Liz.

Caroline secoua la tête.

— Vous connaissez pourtant Elaine et Parker Haldane, n'est-ce pas ?

Caroline acquiesça.

— Ma chère, ne prenez pas cet air stupide, Elaine est ma mère.

Faisant un retour en arrière, Caroline s'étonna de sa bêtise. Elizabeth. Liz. L'Ecosse. Elle se rappela le dernier dîner de Diana, à Londres, où Elaine lui avait parlé d'Elizabeth. « Eh bien, il y a dix ans, quand Duncan et moi étions encore ensemble, nous avons acheté cette maison en Ecosse. » Duncan, le père de Liz, à qui Oliver allait vendre Cairney. « Eh bien, Elizabeth s'est empressée de se lier d'amitié avec deux garçons habitant la propriété voisine... l'aîné a trouvé la mort dans un terrible accident de voiture. »

Et elle se souvint que, lorsque Jody lui avait appris la mort de Charles, ses paroles avaient éveillé en elle une vague réminiscence, vite oubliée.

Certes, les pièces avaient été éparpillées comme celles du puzzle de Jody, mais elle n'avait cessé de les avoir sous le nez, seulement elle n'avait pas été capable de les assembler, peut-être trop préoccupée par ses propres problèmes.

— J'ai toujours entendu parler de vous comme d'Elizabeth.

— Ma mère et Parker m'appellent ainsi, mais pour les autres je suis Liz.

— Je n'avais pas fait le rapprochement.

— Eh bien, voilà qui est fait. On peut dire que c'est une coïncidence, que le monde est bien petit, et tout ce genre de choses, sans oublier le coup de fil de ma mère, ce matin...

Ses yeux étaient pleins de sous-entendus.

— Que vous a-t-elle dit ? demanda Caroline.

— Eh bien, tout, je suppose. A votre sujet et celui de... Jody, c'est ça ? Elle m'a dit que vous aviez disparu. Diana est folle d'inquiétude, elle sait que vous êtes en Ecosse, mais rien d'autre. Elle m'a parlé aussi d'un grand mariage, mardi prochain. Vous épousez Hugh Rashley, n'est-ce pas ?

— Oui, répondit sans hésitation Caroline, ne pouvant prétendre le contraire.

— On dirait que vous vous êtes mis dans de beaux draps.

— Oui, admit Caroline. J'en suis bien consciente.

— Ma mère m'a appris que vous étiez venus en Ecosse pour voir votre frère Angus. Vous ne croyez pas que c'était une perte de temps ?

— Cela ne le paraissait pas au départ. Nous avons fait ce voyage parce que Jody souhaitait revoir son frère. Diana et Shaun comptent l'emmener au Canada, mais il ne veut pas y aller.

Et Hugh ne tient pas à ce que nous prenions Jody avec nous. Il ne restait plus qu'Angus.

— Je croyais que c'était un hippie ?

Caroline s'apprêtait à prendre la défense de son frère mais, ne trouvant rien à dire, elle se contenta de hausser les épaules.

— C'est notre frère.

— Il vit à Strathcorrie ?

— Il y travaille. Il est employé dans un hôtel.

— Mais il est absent actuellement, n'est-ce pas ?

— Oui, mais il devrait rentrer demain.

— Et vous avez l'intention d'attendre son retour ?

— Je… je ne sais pas.

— Vous n'avez pas l'air d'être très fixée. Je peux peut-être vous aider à prendre une décision. Oliver traverse un moment difficile. Je ne sais pas si vous en êtes bien consciente. Il aimait beaucoup Charles. C'était son seul frère. Et maintenant, Charles est mort et Oliver doit vendre Cairney. Ne croyez-vous pas, étant donné les circonstances, que ce serait faire preuve de délicatesse que de rentrer à Londres ? Par égard pour Oliver. Pour Diana et pour Hugh.

Caroline n'était pas dupe.

— Pourquoi cherchez-vous à nous écarter de cette manière ?

— Parce que vous êtes une gêne pour Oliver, répondit Liz sans se troubler.

— A cause de vous ?

Liz sourit.

— Oh, ma chère, nous nous connaissons depuis si longtemps, nous sommes très proches. Plus proches que vous ne pouvez l'imaginer. C'est l'une des raisons pour lesquelles mon père achète Cairney.

— Vous allez l'épouser ?

— Bien sûr.

— Il ne m'a rien dit de tel.

— Pourquoi l'aurait-il fait ? Lui avez-vous parlé de votre mariage ? Mais peut-être est-ce un secret. J'ai remarqué que vous ne portiez pas de bague de fiançailles.

— Je... je l'ai laissée à Londres. Elle est trop grande pour moi, et j'avais peur de la perdre.

— Alors, il ne sait pas que vous allez vous marier ?

— Non.

— C'est drôle que vous ne lui ayez rien dit. D'après ma mère, ce sera un grand mariage. J'imagine qu'un agent de change aussi heureux en affaires que Hugh Rashley se doit de soigner son image de marque. Vous comptez toujours l'épouser ? Mais vous ne voulez pas qu'Oliver le sache, n'est-ce pas ?

Puis, comme Caroline s'abstenait de répondre à ses questions, elle se mit à rire.

— Ma chère enfant, je suis persuadée que vous êtes tombée amoureuse de lui. Je ne vous en blâme pas, mais je suis désolée pour vous. Toutefois, comme je suis de votre côté, je vous propose un marché : Jody et vous rentrez à Londres, et je ne soufflerai pas un mot de votre mariage à Oliver. Il ne l'apprendra que par les journaux de mercredi, qui rapporteront l'événement avec une photo de vous deux devant l'église, pareils aux figurines qui couronnent les pièces montées. Qu'en dites-vous ? Pas besoin d'explications ni d'excuses : vous dégagez simplement les lieux. Vous retrouvez Hugh qui apparemment vous adore, et laissez Angus mener sa vie de hippie. Cela vous convient-il ?

— Mais il y a Jody, dit Caroline d'un ton désespéré.

— Ce n'est qu'un enfant. Il s'adaptera. Je suis sûre qu'il se plaira au Canada et qu'il deviendra très vite capitaine de l'équipe de hockey sur

243

glace. Diana est la personne la mieux appro-priée pour s'occuper de lui, vous ne pensez pas ? Quelqu'un comme Angus ne pourrait avoir sur lui que la plus mauvaise influence. Oh, Caro-line, descendez de votre nuage et regardez la réalité en face. Renoncez à votre projet et ren-trez à Londres.

De la pelouse leur parvint le cri de triomphe de Jody, qui avait réussi à placer sa balle de golf dans le trou. Il apparut en haut du talus et cou-rut vers elles en brandissant le club que lui avait offert Liz.

— J'ai attrapé le coup. Il faut frapper douce-ment, pas trop fort, et...

Il s'interrompit, voyant Liz se lever et mettre ses gants.

— Vous ne faites pas une partie avec moi ?

— Une autre fois.

— Mais vous m'aviez promis...

— Je regrette, mais ce n'est pas le moment.

Elle monta dans la voiture, exhibant ses lon-gues jambes.

— Ta sœur a quelque chose d'important à te dire.

Roulant dans le crépuscule bleu de cette jour-

née magnifique, Oliver se sentait, sur le chemin
du retour, détendu et étrangement content. Il
n'était pas épuisé comme la veille après ce long
entretien avec le notaire, il avait les idées claires
et se sentait soulagé d'avoir pris la décision de
mettre en vente la maison de Cairney. Quand il
avait émis le désir de garder celle du loch, de la
rénover pour la transformer en résidence secon-
daire, le notaire n'avait fait aucune objection, à
condition que Duncan Fraser fût d'accord pour
lui concéder un chemin d'accès sur sa future
propriété.

Oliver savait que Duncan ne verrait à cela
aucun inconvénient. La pensée de la maison
refaite à neuf le remplissait de satisfaction. Il
étendrait le jardin jusqu'au bord de l'eau, ouvri-
rait le vieil âtre, reconstruirait la cheminée, mettrait des lucarnes au grenier. Tout à ses projets,
il se mit à siffloter. Le contact du volant revêtu
de cuir sous ses doigts lui était agréable, et la
voiture épousait les courbes de la route familière
avec aisance et grâce, paraissant tout aussi impatiente qu'Oliver de rentrer.

Il s'engagea dans l'allée qu'il remonta en faisant ronfler le moteur et, après avoir contourné
le massif de rhododendrons, donna un coup de

klaxon pour avertir Caroline et Jody de son arrivée. Il laissa la voiture devant la porte et, enlevant son chapeau, pénétra dans le vestibule, s'attendant à voir Jody accourir.

Mais la maison était silencieuse. Il posa son manteau sur une chaise et appela « Jody ! », puis « Caroline ! », sans obtenir la moindre réponse. Il se rendit à la cuisine : elle était vide et sombre, Mme Cooper n'étant pas encore rentrée pour préparer le dîner. Intrigué, il s'en fut dans la bibliothèque, qui était également plongée dans l'obscurité, le feu mourant dans l'âtre. Il alluma et se dirigea vers la cheminée pour y mettre quelques bûches. Il se figea en apercevant un carré blanc posé contre le téléphone sur le bureau. Il reconnut, provenant du tiroir supérieur, une de ses plus belles enveloppes, avec son nom écrit dessus.

Il l'ouvrit et s'étonna de voir ses mains trembler. Dépliant le feuillet, il lut la lettre que lui avait laissée Caroline.

Cher Oliver,

Après votre départ, Jody et moi avons eu une discussion, et nous avons décidé qu'il était préférable

de rentrer à Londres. Il est inutile que nous attendions Angus, car nous ne savons pas quand il va
revenir, et nous ne pouvons laisser Diana plus longtemps dans l'inquiétude.

Ne vous faites pas de souci à notre sujet. La voiture marche parfaitement et le garagiste a eu la
gentillesse de nous faire le plein d'essence. Je pense
qu'il n'y a plus aucun risque de blizzard et je suis
sûre que nous ne rencontrerons aucun problème.

Je ne sais comment vous remercier, Mme Cooper
et vous, pour tout ce que vous avez fait. Nous
avons été heureux à Cairney. Nous n'oublierons
jamais les moments que nous y avons passés.

Nous vous embrassons tous les deux.

Caroline

7

Le lendemain matin, sous prétexte de régler certains points avec Duncan Fraser, Oliver se rendit à Rossie Hill. La journée était aussi belle que la veille, mais plus fraîche ; le soleil n'était pas encore assez chaud pour faire fondre la gelée de la nuit, mais la route était bordée des premières jonquilles, et, lorsqu'il pénétra chez Duncan, il fut accueilli par le parfum d'un bouquet de jacinthes, disposé dans un grand vase au milieu de la table de l'entrée.

Tout aussi accoutumé à la maison que Liz l'était à Cairney, il partit à la recherche de ses occupants, trouva finalement Liz dans le cabinet de travail de son père ; assise sur le bureau, elle était en pleine conversation téléphonique, avec le boucher, semblait-il.

Quand il ouvrit la porte, elle leva les yeux vers lui et, d'un haussement de sourcils, lui fit signe d'attendre. Il entra dans la pièce et se dirigea vers la cheminée, avec une envie de fumer qu'il réussit à maîtriser, compensée par le plaisir que lui procura la chaleur des flammes.

Liz mit fin à sa conversation et raccrocha, sans toutefois changer de place, balançant, d'un air pensif, une de ses longues jambes. Elle portait une jupe plissée, un pull étroit, un foulard de soie noué autour de son cou, et ses bras et son visage étaient encore hâlés du soleil d'Antigua. Ses yeux sombres rencontrèrent ceux d'Oliver et elle le regarda un long moment avant de demander :

— Tu cherches quelqu'un ?

— Ton père.

— Il est sorti. Il est allé à Relkirk. Il ne sera pas de retour avant l'heure du déjeuner.

Elle lui tendit une boîte en argent remplie de cigarettes, mais il refusa. Elle en prit une, qu'elle alluma avec le lourd briquet du bureau, observant rêveusement le jeune homme à travers le nuage de fumée bleue.

— Tu fais une drôle de tête, Oliver, dit-elle. Qu'est-ce que tu as ?

Toute la matinée il avait essayé de se convaincre que tout allait bien, mais à présent, refusant de se mentir davantage, il répondit sincèrement :

— Caroline et Jody sont partis.

Liz affecta la surprise.

— Partis ? Partis où ?

— Ils sont retournés à Londres. En rentrant hier soir, j'ai trouvé une lettre de Caroline.

— Leur départ est sûrement une sage décision.

— Après tous leurs efforts, ils n'auront même pas vu leur frère.

— D'après ce que j'ai pu comprendre, il n'aurait de toute manière probablement rien pu faire pour eux.

— Mais cette démarche était très importante pour Jody.

— Si tu estimes qu'ils sont capables d'arriver à Londres sans encombre, à ta place, je ne m'inquiéterais pas pour eux. Tu as assez de soucis comme ça sans avoir de plus à servir de nourrice à deux chiens perdus que tu ne connais ni d'Eve ni d'Adam.

Comme si cette conversation n'avait guère d'intérêt, elle changea de sujet :

— Pourquoi voulais-tu voir mon père ?

Il se souvenait à peine de la raison de sa visite.

— ... Ah oui. C'est à propos d'un chemin d'accès. Je souhaiterais conserver la maison du loch, mais il me faut pouvoir accéder au vallon.

— Tu veux garder cette maison ? C'est une véritable ruine !

— Elle est dans l'ensemble assez saine. Il suffirait de quelques travaux et d'un nouveau toit pour qu'elle soit tout à fait habitable.

— Que comptes-tu en faire ?

— Ma maison de campagne, peut-être. Je ne sais pas exactement, mais en tout cas je veux la garder.

— C'est moi qui t'ai mis cette idée dans la tête ?

— C'est possible.

Elle glissa du bureau et vint vers lui.

— Oliver, j'ai une bien meilleure idée.

— Quelle est-elle ?

— Laisse mon père acheter la maison de Cairney.

Oliver se mit à rire.

— Il n'en veut même pas.

— Moi si. J'aimerais en faire... qu'est-ce que tu as dit ? ma maison de campagne. Pour venir y passer les vacances et les week-ends.

— Vraiment ?

251

Elle jeta sa cigarette dans le feu.

— J'y amènerai mon mari et mes enfants.

— Tu crois que cela leur plaira ?

— Je ne sais pas. C'est à toi de me le dire.

Elle le fixait sans ciller, d'un regard clair et droit. Oliver était à la fois surpris et flatté par ses paroles. Il n'en revenait pas. La petite Liz aux longues jambes, la petite fille dégingandée devenue une belle jeune fille, lui demandait à lui, Oliver, avec la plus grande impassibilité, de...

— Pardonne-moi si je me trompe, mais tu ne crois pas que ce serait plutôt à moi d'avoir ce genre d'idées ?

— Je suppose. Mais je te connais depuis trop longtemps pour être malhonnête. Et j'ai le sentiment que nos retrouvailles, impromptues comme elles l'ont été, sont l'œuvre du destin. Je crois aussi que Charles voulait cela.

— Mais c'est Charles qui t'a toujours aimée.

— Justement. Et Charles est mort.

— L'aurais-tu épousé s'il avait été encore vivant ?

Pour toute réponse, elle jeta les bras autour du cou d'Oliver et, amenant son visage vers elle, l'embrassa sur la bouche. Désemparé, il hésita un instant, mais guère longtemps. Eblouissante, capiteuse, infiniment séduisante, Liz était tout simplement irrésistible. Il l'enlaça et l'attira à lui. Le mince corps de la jeune fille pressé contre le sien, il se dit qu'elle avait peut-être raison : c'était peut-être la direction que sa vie devait prendre, et peut-être ce que Charles avait toujours voulu.

Naturellement, il rentra déjeuner à une heure assez tardive. Il trouva la cuisine dans un ordre impeccable ; son couvert était mis et une odeur appétissante émanait du poêle. Cherchant Mme Cooper, il la découvrit dans la nursery, rangeant les jouets que Jody avait laissés traîner. Elle avait l'air d'une mère que l'on aurait séparée de son enfant.

Il passa la tête par la porte et dit :

— Je suis désolé d'être en retard.

Levant les yeux des cubes qu'elle remettait soigneusement dans leur boîte, elle répondit d'un air indifférent :

— Ce n'est pas grave. Je n'ai fait qu'un hachis Parmentier. Il est au chaud dans le four, vous pourrez le manger quand bon vous semblera.

Lorsque, la veille au soir, il lui avait annoncé le départ de Caroline et de Jody, elle s'était montrée très affectée. Et son expression présente prouvait qu'elle ne s'en était toujours pas remise.

— A l'heure qu'il est, ils doivent avoir fait un bon bout de chemin, dit-il avec vigueur, cherchant à la réconforter. S'ils ne rencontrent pas trop de circulation, ils devraient être à Londres dans la soirée.

Mme Cooper renifla.

— La maison est bien vide sans eux. C'est comme si le petit garçon avait toujours habité ici. Sa présence faisait revivre Cairney.

— Je sais, acquiesça Oliver avec sympathie. Mais ils seraient de toute manière partis dans un ou deux jours.

— Oui, mais j'aurais pu alors leur dire au revoir.

Elle semblait vouloir rendre Oliver responsable de ce départ précipité.

— Je sais, répéta Oliver, ne trouvant rien d'autre à dire.

— Et il n'a même pas vu son frère. Son frère Angus, dont il parlait tant. Ça me brise le cœur.

Pour parler ainsi, il fallait que Mme Cooper soit réellement bouleversée. Soudain, Oliver se sentit aussi déprimé qu'elle.

— Je... je vais manger ce hachis Parmentier, dit-il d'une voix faible.

Puis, se rappelant brusquement pourquoi il était venu la trouver, il ajouta :

— Au fait, vous pouvez rester chez vous, ce soir. Je suis invité à dîner à Rossie Hill...

Elle accueillit la nouvelle avec un simple hochement de tête, trop affligée pour lui répondre. Oliver la laissa à son rangement et à son désespoir, frappé soudain par le silence régnant dans la maison, qui, privée de la présence de Jody, paraissait avoir sombré dans une tristesse aussi profonde que celle de Mme Cooper.

Rossie Hill, sur son trente et un, étincelait comme l'intérieur d'une boîte à bijoux. Le parfum des jacinthes et le flamboiement des bûches dans la cheminée réconfortèrent tout de suite Oliver. Comme il enlevait son manteau et le posait sur la chaise de l'entrée, Liz sortit de la cuisine avec un bol de glaçons. L'apercevant, elle lui adressa un sourire resplendissant.

— Oliver !

— Bonsoir, Liz.

Il la prit par les épaules et l'embrassa sur les joues pour ne pas lui enlever son rouge à lèvres.

255

Sa peau sentait bon et avait un goût délicieux.
Puis il relâcha son étreinte pour mieux l'admirer.
Elle portait une robe de soie rouge à col mon-
tant, et des diamants scintillaient à ses oreilles.
L'éclat de son regard et de sa parure était tel
qu'elle le fit penser à un oiseau de paradis.

— Je suis en avance, dit-il.

— Non, tu es juste à l'heure. Les autres ne
sont pas encore arrivés.

Il leva les sourcils.

— Les autres ?

— Je t'ai prévenu que c'était un dîner mon-
dain.

Il la suivit dans le salon, où elle posa le bol à
glaçons sur une table basse dressée avec un soin
méticuleux.

— Les Allford. Tu les connais ? Ils sont depuis
peu à Relkirk. Lui est dans le whisky. Ils sont
impatients de te rencontrer. Mais que souhaites-
tu boire ? Tu veux que je te serve ou tu préfères
le faire toi-même ? Je peux te concocter un Martini, c'est ma spécialité, si cela te dit.

— Et où as-tu appris cela ?

— Au cours de mes voyages.

— Serait-ce un manque de civilité si j'optais
pour un whisky-soda ?

— Plutôt qu'un manque de civilité, je dirais que c'est quelque chose de bien écossais.

Elle lui servit un whisky, comme il l'aimait, pas trop tassé, avec du soda et de la glace. Quand elle le lui apporta, il l'embrassa à nouveau. Elle s'arracha à contrecœur à ses baisers pour aller préparer un pichet de Martini.

Pendant qu'elle était à ses préparatifs, Duncan les rejoignit. Au même moment, on sonna à la porte et Liz s'en fut accueillir ses autres invités.

Quand elle eut quitté la pièce, Duncan s'approcha d'Oliver :

— Liz m'a appris la nouvelle.

Oliver se montra surpris. Si sa conversation avec Liz au cours de la matinée l'avait rempli de bonheur, elle avait été essentiellement orientée vers le passé. Ils n'avaient fait aucun projet précis. Pour Oliver, rien ne pressait : il avait tout le temps de penser à l'avenir.

— Que vous a-t-elle dit exactement ? demanda-t-il avec circonspection.

— Pas grand-chose, en réalité. Elle a simplement fait quelques insinuations. Mais sachez, Oliver, que rien ne me rendrait plus heureux.

— Je… j'en suis ravi.

— Et en ce qui concerne Cairney.

Des voix se firent entendre par la porte entre-bâillée, et il s'interrompit brusquement :

— Nous parlerons de cela plus tard.

Les Allford étaient un couple d'un certain âge, le mari grand et corpulent, la femme toute mince, en rose et blanc, avec des cheveux blonds et soyeux qui avaient tendance à perdre de leur éclat en grisonnant. Les présentations faites, Oliver se retrouva assis à côté de Mme Allford sur le canapé, à l'écouter parler de ses enfants qui, tout d'abord réticents à l'idée de vivre en Ecosse, en étaient finalement tombés amoureux. De sa fille qui avait une passion pour le cheval et de son fils qui faisait sa première année à Cambridge.

— Alors vous... vous habitez la porte à côté, si l'on peut dire.

— Non. J'habite Londres.

— Mais...

— Mon frère, Charles, vivait à Cairney, mais il vient de mourir dans un accident de voiture. Je suis ici pour régler ses affaires.

— Oh, bien sûr.

Mme Allford fit une grimace appropriée au tragique de la circonstance.

— Je ne savais pas. Je suis navrée. C'est si difficile de ne pas faire d'impairs quand on rencontre une personne pour la première fois.

Oliver reporta son attention sur Liz. Debout à côté de son père et de M. Allford, qui parlaient affaires, elle tenait dans une main son verre, et dans l'autre un bol contenant des cacahuètes salées où piochait de temps en temps, d'un air absent, M. Allford. Sentant le regard d'Oliver, elle tourna la tête vers lui. A l'insu de Mme Allford, il lui adressa un clin d'œil, auquel elle répondit par un sourire.

Puis vint le moment de dîner. La salle à manger était agréablement éclairée, les rideaux en velours tirés sur la nuit.

Des napperons individuels en dentelle étaient disposés sur le bois sombre et vernis, où brillait une vaisselle en cristal et argent, avec au milieu de la table un bouquet de tulipes écarlates, de la même couleur que la robe de Liz. Après un délicieux saumon fumé arrosé de vin blanc vinrent des escalopes de veau, des choux de Bruxelles aux marrons, et une mousse au citron, le tout suivi de café et de cognac accompagné de havanes. Oliver repoussa sa chaise, repu ; la bonne

chère l'ayant mis d'excellente humeur, il se pré-
para à poursuivre la soirée.

L'horloge sur la cheminée sonna neuf heures.
Au cours de la journée, il avait chassé de son
esprit la pensée de Caroline et de Jody et avait
réussi à totalement les oublier. Mais soudain,
comme le carillon tintait doucement, il ne fut
plus à Rossie Hill mais à Londres, avec les Cliburn. A présent, ils devaient être rentrés chez
eux, las et fatigués, essayant de s'expliquer avec
Diana, de lui raconter tout ce qui s'était passé ;
après cette longue route, Caroline serait épuisée,
bien pâle, et la déception rongerait encore Jody.
Nous sommes allés en Ecosse à la recherche d'Angus.
Nous avons fait tout ce chemin pour le voir, mais
il n'était pas là. Et je ne veux pas aller au Canada.

Il imaginait Diana dans tous ses états, furieuse,
puis leur pardonnant, préparant un lait chaud à
Jody et allant le coucher ; et Caroline montant
dans sa chambre, gravissant l'escalier marche
après marche, la main glissant sur la rampe, ses
longs cheveux tombant sur son visage.

— ... qu'en pensez-vous, Oliver ?

— Pardon ? Excusez-moi, j'avais l'esprit
ailleurs.

— Nous parlions de la pêche au saumon, à Corrie. On dit que…

La voix de Duncan s'estompa. Plus personne ne parlait. Dans le silence total, ils distinguèrent ce que l'oreille fine de Duncan avait déjà perçu : le bruit d'un moteur, non pas sur la route mais tout près. Un véhicule remontait l'allée conduisant à la maison. Un camion ou une camionnette. Les vitesses grincèrent dans la côte, puis le faisceau lumineux des phares balaya les rideaux tirés, le vieux moteur continuant à tourner.

Duncan regarda Liz.

— Tu n'attendrais pas, par hasard, le charbonnier ? dit-il, cherchant à plaisanter.

Elle fronça les sourcils.

— Ce doit être quelqu'un qui s'est égaré. Mme Douglas va aller voir.

Elle se retourna vers M. Allford, avec l'intention de poursuivre la conversation, se désintéressant du mystérieux visiteur. Mais Oliver, tendu tel un élastique, l'oreille dressée comme celle d'un chien, était en alerte. Il entendit sonner à la porte et des pas traînants s'y diriger, puis une voix, aiguë et excitée, coupée par les objections de Mme Douglas : « Non, vous ne pouvez pas entrer, il y a un dîner », puis une exclamation :

« Ah, espèce de petit diable… ! » L'instant d'après, la porte de la salle à manger s'ouvrait brusquement, et sur le seuil apparut, l'air déterminé, parcourant l'assemblée du regard, Jody Cliburn.

Jetant sa serviette sur la table, Oliver bondit.

— Jody !

— Oliver !

Comme une fusée, l'enfant vint se jeter dans les bras du jeune homme.

Les mondanités cessèrent immédiatement, tel un ballon crevé qui se dégonfle. La pagaille qui s'ensuivit aurait pu être drôle si les circonstances n'avaient été plutôt tragiques. Jody, en larmes, braillait comme un bébé, la tête contre le ventre d'Oliver, les bras serrés autour de sa taille, comme pour ne pas le laisser échapper. Mme Douglas, en tablier, se tenait sur le pas de la porte, hésitante, ne sachant si elle devait pénétrer dans la pièce pour empoigner l'intrus et le jeter dehors. N'ayant aucune idée de ce qui se passait, ignorant qui était cet enfant, Duncan s'était levé et répétait : « Mais qu'est-ce que cela veut dire ? », ne trouvant personne en mesure de lui répondre. Liz, debout également, gardait le silence, fixant Jody comme si elle aurait aimé l'écraser, tel un fruit pourri, contre le premier mur venu. Seuls les Allford, respectant les convenances, n'avaient pas quitté leur place. « Voilà qui est extraordinaire ! disait M. Allford entre deux bouffées de cigare. Vous croyez vraiment qu'il est venu avec le charbonnier ? » Mme Allford, quant à elle, souriait toujours aimablement, comme s'il était habituel que de petits inconnus fassent irruption dans les dîners auxquels elle assistait.

Du gilet d'Oliver sortaient des sanglots, des reniflements et des phrases embrouillées dont il ne saisissait pas un seul mot. Cela ne pouvait pas continuer ainsi, mais Jody s'accrochait à lui avec une telle force qu'Oliver était dans l'impossibilité de bouger.

— Allez, viens, maintenant, finit-il par dire, haussant la voix pour dominer les sanglots de l'enfant. Lâche-moi. Nous allons sortir et tu me raconteras ce qui se passe.

Apparemment Jody l'entendit, car il relâcha son étreinte et se laissa conduire jusqu'à la porte.

— Je suis désolé, dit Oliver en quittant la pièce. Excusez-moi un instant… c'est plutôt inattendu.

Avec le sentiment d'avoir réussi une brillante évasion, il se retrouva dans l'entrée, et Mme Douglas, béni soit son bon cœur, referma la porte derrière eux.

— Ça va aller ? chuchota-t-elle.

— Je crois que oui.

Elle retourna à sa cuisine tout en marmonnant ; Oliver s'installa sur la chaise en bois sculpté qui n'était pas destinée à cet effet, et attira Jody entre ses genoux.

— Arrête de pleurer. Fais un effort. Allez, mouche ton nez, et arrête.

Les yeux rougis et gonflés par les larmes, Jody essaya de refouler ses sanglots, sans y parvenir.

— Je ne peux pas.

— Qu'est-ce qui se passe ?

— Caroline est malade. Vraiment malade. Elle a vomi et elle a une terrible douleur là.

Jody posa sa main sale sur son ventre.

— Où est-elle ?

— Au Strathcorrie Hotel.

— Mais elle disait dans sa lettre que vous rentriez à Londres.

— Je n'ai pas voulu.

Les larmes embuaient ses yeux.

— Je tenais absolument à voir Angus.

— Angus est de retour ?

— Non. Et vous êtes le seul à pouvoir nous aider.

— Avez-vous appelé un médecin ?

— Je... je ne savais pas quoi faire. Alors, je suis venu vous chercher.

— Elle est vraiment aussi malade que tu le dis ?

Incapable de parler tant il avait pleuré, Jody acquiesça d'un mouvement de la tête.

Derrière Oliver, la porte de la salle à manger s'ouvrit et se referma tout doucement. Se tournant légèrement, il aperçut Liz. Elle se mit à questionner Jody. Il y avait une telle colère sur son visage qu'il refusa de lui répondre.

— Pourquoi n'êtes-vous pas rentrés à Londres ? Vous aviez dit que vous partiez. Ta sœur a dit qu'elle te ramenait.

Sa voix, à présent, était stridente.

— Elle a dit que...

Oliver se leva et Liz se tut aussitôt.

— Qui t'a amené ici ? demanda-t-il à Jody.

— Un homme dans une camionnette.

— Va le rejoindre. Dis-lui que j'arrive dans un instant.

265

— Il faut faire vite.

— J'ai dit que j'arrivais dans un instant, répéta Oliver en élevant la voix.

Il poussa Jody vers la porte.

— Allez, file.

Résigné, Jody obéit, se battit un moment avec la poignée de la grande porte, qu'il claqua ensuite derrière lui.

Oliver regarda Liz.

— S'ils ne sont pas rentrés à Londres, c'est que Jody voulait se donner une dernière chance de voir Angus. Et à présent, Caroline est malade. C'est tout ce qu'il y a à dire, je suis navré.

Il traversa le vestibule pour prendre son chapeau.

— Ne pars pas, dit Liz dans son dos.

Il se retourna vers elle en fronçant les sourcils.

— Je dois y aller.

— Appelle le médecin à Strathcorrie. Il s'occupera d'elle.

— Liz, il faut que j'y aille.

— Est-elle si importante pour toi ?

Il s'apprêtait à le nier, puis s'aperçut qu'il ne le souhaitait pas.

— Je ne sais pas. Peut-être.

— Et nous alors ? Toi et moi ?

— Je dois vraiment y aller, Liz, ne put-il que répéter.

— Si tu me laisses tomber comme ça, ce n'est pas la peine de revenir, déclara-t-elle d'un air de défi.

— Ne dis pas des choses que tu risques de regretter, répondit-il doucement sans la prendre vraiment au sérieux.

— Qui te dit que je le regretterai ?

Elle croisa les bras sur sa poitrine, les serrant si fort que les jointures de ses mains bronzées en blanchirent. Elle paraissait soudain très froide, comme si elle essayait de se maîtriser.

— Si tu ne prends pas garde, c'est toi qui le regretteras. Elle va se marier, Oliver.

— C'est vrai, Liz ?

Il avait mis son manteau et commençait à le boutonner. Son calme fit perdre à Liz tout contrôle.

— Alors, elle ne t'a rien dit. C'est quand même incroyable ! Oui, c'est vrai : elle va se marier mardi, à Londres. Elle va épouser un jeune agent de change plein d'avenir, du nom de Hugh Rashley. C'est tout de même drôle que tu ne l'aies pas deviné. Bien sûr, elle ne portait pas de bague de fiançailles, tu me diras. Elle m'a expliqué qu'elle était trop grande et qu'elle craignait de la perdre, mais cela me semble un peu tiré par les cheveux. Tu ne me demandes même pas comment je suis au courant de son mariage, Oliver ?

— Comment es-tu au courant ?

— Par ma mère. Elle m'a téléphoné hier matin. Vois-tu, Diana Carpenter est l'une de ses meilleures amies, aussi maman n'ignore-t-elle rien de ce qui la touche de près.

— Liz, je dois partir.

— Si ton cœur ne t'appartient plus, lui dit-elle doucement, ne t'en va pas perdre également la tête. Tu n'as aucun avenir avec cette fille. Tu ne feras que te ridiculiser.

— Excuse-moi auprès de ton père. Explique-lui ce qui se passe et dis-lui à quel point je suis désolé.

Il ouvrit la porte.

— Au revoir, Liz.

Elle était persuadée qu'il allait se retourner et revenir vers elle, la prendre dans ses bras comme si rien ne s'était produit, et lui dire qu'il l'aimerait comme Charles l'avait aimée et que Caroline

Cliburn pouvait très bien se débrouiller toute
seule.

Mais il n'en fit rien, et la porte se referma
derrière lui.

Le chauffeur de la camionnette, un homme à
la face rougeaude, coiffé d'une casquette à carreaux, l'attendait. Il avait l'air d'un fermier et
son véhicule sentait le fumier. Il avait attendu
patiemment Oliver en tenant compagnie à
Jody.

Oliver mit la tête à la fenêtre.

— Je suis navré de vous avoir fait attendre.

— C'est rien, m'sieur. J'ai tout mon temps.

— C'est très aimable à vous d'avoir amené ce
garçon. Je vous en suis extrêmement reconnaissant. J'espère que cela ne vous a pas fait faire
un trop grand détour.

— Pas du tout. C'était sur mon chemin, de
toute manière. Je m'étais arrêté à Strathcorrie
pour boire un verre quand le petit m'a
demandé de le conduire à Cairney. Il était dans
tous ses états et je ne me suis pas senti le cœur
à le laisser comme ça sur le bord de la route.

Il se tourna vers Jody et lui tapota le genou
avec une main de la taille d'un jambon.

— Mais ça va aller, maintenant, mon garçon, puisque tu as retrouvé M. Cairney.

Jody sortit de la camionnette.

— Merci beaucoup. Je ne sais pas ce que j'aurais fait si vous n'aviez pas été là.

— Oh, n'y pense pas. Peut-être que quelqu'un me rendra la pareille, un jour où je serai, moi aussi, à pied. J'espère que ta sœur va aller mieux. Je vous souhaite bonne nuit, m'sieur.

— Bonne nuit, répondit Oliver. Et merci encore.

Comme les feux arrière disparaissaient dans l'allée, il prit Jody par la main.

— Allez, viens. Il n'y a pas de temps à perdre.

Une fois sur la route, dont chaque courbe, chaque virage lui était familier, roulant à vive allure dans l'obscurité balayée par les phares, Oliver demanda à Jody :

— Raconte-moi tout, maintenant.

— Eh bien, Caroline a encore vomi, puis elle a dit qu'elle avait mal, elle est devenue toute pâle et s'est mise à transpirer, et je ne savais pas quoi faire... le téléphone... puis...

— Non. Reprends depuis le début. A partir de la lettre. Celle que Caroline m'a laissée sur le bureau.

270

— Elle m'a dit que nous retournions à Londres. Alors je lui ai rappelé qu'elle m'avait promis d'attendre Angus jusqu'à vendredi.

— C'est aujourd'hui.

— Je sais. Je lui ai demandé d'attendre seulement un jour de plus. Elle m'a répondu que c'était mieux pour tout le monde si nous rentrions, et vous a écrit cette lettre. Mais, au dernier moment, elle a fini par céder. Elle m'a annoncé que nous allions passer la nuit à Strathcorrie, seulement une nuit, et qu'ensuite il nous faudrait repartir pour Londres. J'ai dit d'accord, et nous sommes allés à Strathcorrie, et Mme Henderson nous a donné des chambres. Tout est allé bien jusqu'à ce matin ; au petit déjeuner, Caroline a commencé à se sentir mal et a compris qu'elle ne pourrait probablement pas conduire. Elle est donc restée au lit ; plus tard, à midi, en essayant de manger quelque chose, elle a été prise d'une envie de vomir, puis elle a eu cette affreuse douleur.

— Pourquoi n'as-tu pas prévenu Mme Henderson ?

— Je pensais qu'Angus allait peut-être revenir et que tout irait bien. Mais il n'est pas rentré et Caroline était de plus en plus malade.

271

Alors je suis allé dîner tout seul parce qu'elle ne voulait rien avaler, et lorsque je suis remonté elle était tout en sueur. Elle avait l'air de dormir, et pourtant elle ne dormait pas, et j'ai cru qu'elle allait mourir...

Il semblait au bord de la crise de nerfs.

— Tu aurais pu me téléphoner, remarqua Oliver calmement. Tu aurais trouvé mon numéro dans le bottin.

— J'ai peur du téléphone, dit Jody, aveu certainement facilité par sa détresse. Je n'entends pas ce que les gens disent et je mets toujours mon doigt au mauvais endroit.

— Qu'as-tu fait ?

— Je me suis précipité en bas et j'ai vu cet homme qui sortait du bar. Il m'a appris qu'il rentrait chez lui et je l'ai suivi dehors, je lui ai dit que ma sœur était malade et je lui ai parlé de vous et demandé de me conduire à Cairney.

— Et j'étais absent.

— Oui. Le gentil monsieur est descendu de la camionnette et a sonné plusieurs fois à la porte. J'ai pensé alors à Mme Cooper. Il m'a amené à sa maison, elle m'a serré fort dans ses bras quand elle m'a vu, et m'a dit que vous étiez à Rossie Hill. M. Cooper m'a tout de suite proposé de m'accompagner, mais il était en bretelles et en pantoufles, alors le gentil monsieur a déclaré qu'il le ferait, qu'il connaissait le chemin, et il l'a fait. Et voilà. Je suis désolé d'avoir gâché votre dîner.

— Cela n'a aucune importance.

Jody, à présent, avait cessé de pleurer. Il se pencha en avant, assis tout au bord du siège, comme si cette position les aiderait à aller plus vite.

— Je ne sais pas ce que j'aurais fait si je ne vous avais pas trouvé, dit-il au bout d'un moment.

— Mais tu as réussi à me trouver. Et tu peux compter sur moi.

De son bras gauche, il attira Jody contre lui.

— Tu as parfaitement agi. Tu pouvais difficilement faire mieux.

La route s'étirait à l'horizon. Bientôt, du haut de la côte, les lumières de Strathcorrie apparurent, scintillant en contrebas, blotties dans les plis des calmes et sombres montagnes. Nous arrivons, dit Oliver en son for intérieur, à l'intention de Caroline. Nous arrivons, Jody et moi.

— Oliver ?

— Oui ?

— A votre avis, de quoi souffre Caroline ?

— A première vue, le profane que je suis dirait qu'elle souffre d'une appendicite et qu'il faudrait l'opérer.

8

Son diagnostic se révéla exact. Dix minutes
après son arrivée, le médecin de Strathcorrie,
appelé d'urgence par Mme Henderson, confir-
mait que c'était une appendicite, faisait à Caroline une piqûre pour la soulager et téléphonait
à l'hôpital le plus proche pour qu'on lui envoie
une ambulance. Jody, avec un tact rare chez un
enfant de cet âge, raccompagna le médecin.
Resté seul avec Caroline, Oliver s'assit au bord
du lit, lui tenant la main.

— Je ne savais pas où était passé Jody. J'ignorais qu'il était allé vous chercher, dit-elle d'une
voix endormie, sous l'effet de la piqûre.

— Vous pouvez imaginer ma stupéfaction
quand je l'ai vu surgir ainsi. J'étais persuadé que
vous aviez regagné Londres, sains et saufs.

— Au dernier moment je n'ai pu m'y résoudre. Je n'avais pas le cœur de faire ça à Jody, après lui avoir promis de rester jusqu'à vendredi.

— C'est une chance que vous ne soyez pas partie. Une crise d'appendicite en plein sur l'autoroute n'aurait pas été très drôle.

— Je veux bien le croire, dit-elle avec un sourire. Voilà pourquoi j'avais tout le temps ces nausées. J'étais loin de m'imaginer que c'était l'appendicite.

Elle ajouta, comme si cette pensée venait seulement de lui traverser l'esprit :

— Je suis censée me marier mardi.

— Ce ne sera qu'un rendez-vous manqué.

— Liz vous a mis au courant ?

— Oui.

— J'aurais dû vous le dire. J'ignore pourquoi je ne l'ai pas fait. Ou du moins je l'ignorais alors.

— Parce que vous le savez à présent ?

— Oui, avoua-t-elle.

— Caroline, avant que vous ne prononciez un mot de plus, je tiens à vous dire une chose : lorsque vous serez prête à vous marier, je veux que ce soit moi, l'heureux élu, moi et personne d'autre.

— Mais vous n'allez pas épouser Liz ?

— Non.

276

Elle le regarda avec gravité.

— Quel embrouillamini, n'est-ce pas ? J'embrouille toujours tout. Même mes fiançailles avec Hugh étaient un beau gâchis.

— Je ne suis pas en mesure d'en juger. Je ne connais pas Hugh.

— C'est un garçon très sympathique. Vous l'aimeriez beaucoup. Attentionné, organisé et très gentil. J'ai toujours eu beaucoup d'affection pour lui. C'est le jeune frère de Diana. Mais Liz a dû vous le dire. A notre retour d'Aphros, il est venu nous chercher à l'aéroport et s'est chargé de tout, et depuis il n'a jamais vraiment cessé de s'occuper de nous. Et bien sûr, Diana a encouragé ce mariage. Il satisfaisait son sens de l'ordre et de la famille. Je n'aurais jamais accepté si je n'avais pas eu cette déception sentimentale avec Drennan Colefield. Quand il m'a laissée tomber, j'ai cru que je ne pourrais plus jamais être amoureuse, alors peu importait si j'aimais vraiment Hugh ou pas.

Elle fronça les sourcils.

— Est-ce que vous me comprenez ? demanda-t-elle, embarrassée.

— Parfaitement.

— Mais que dois-je faire ?

— Vous aimez Hugh ?

— Oui et non.

— Alors les choses sont très simples. Si c'est vraiment quelqu'un de bien, ce qu'il doit être sinon vous n'auriez jamais accepté de l'épouser, il vaut mieux lui épargner la souffrance d'être uni, pour le restant de ses jours, à une femme qui ne l'aime qu'à moitié. Et de toute manière, vous ne serez pas en mesure de vous marier mardi. Vous serez bien trop occupée, assise dans votre lit, à manger du raisin, à humer les fleurs que l'on vous aura apportées, et à lire de gros magazines.

— Il faut prévenir Diana.

— Je m'en charge. Dès que l'ambulance vous aura emmenée, je l'appelle.

— Vous allez devoir lui fournir bien des explications.

— C'est un domaine où j'excelle.

Elle bougea la main, entrelaçant ses doigts aux siens.

— Nous nous sommes rencontrés juste à temps, n'est-ce pas ? dit-elle avec contentement.

La gorge soudain nouée, Oliver se pencha vers elle et l'embrassa.

— Oui, acquiesça-t-il d'une voix rauque. Nous l'avons échappé belle.

Lorsqu'il vit Caroline partir, accompagnée par les ambulanciers et une infirmière grassouillette et avenante, Oliver eut le sentiment d'avoir vécu une éternité en quelques heures. Il regarda l'ambulance s'éloigner dans la rue déserte, puis il fit une prière silencieuse. Jody, à ses côtés, glissa la main dans la sienne.

— Vous croyez qu'elle va guérir, Oliver ?

— Bien sûr.

Ils rentrèrent à l'hôtel, comme deux hommes ayant accompli une tâche importante.

— Qu'allons-nous faire ? demanda Jody.

— Tu le sais très bien.

— Appeler Diana.

— Exact.

Il offrit un Coca-Cola au petit garçon et l'installa à une table à proximité de la cabine téléphonique, où il s'enferma pour appeler Londres. Vingt minutes plus tard, épuisé par les longues et fastidieuses explications qu'il avait dû donner, il rouvrit la porte et appela Jody.

— Ta belle-mère veut te parler.

— Elle est en colère ? demanda Jody dans un murmure.

— Non. Elle veut simplement te dire bonjour.

279

Jody, avec précaution, plaça le redoutable appareil contre son oreille.

— Allô ? Allô, Diana ?

Lentement un sourire éclaira son visage.

— Oui, je vais bien…

Oliver le laissa pour aller commander le plus grand whisky-soda que pût lui servir l'hôtel. Lorsqu'il revint, Jody venait de raccrocher. Celui-ci sortit de la cabine, rayonnant.

— Elle n'est pas du tout fâchée et elle prend demain l'avion pour Edimbourg.

— Je sais.

— Et elle m'a dit que je devais rester avec vous jusque-là.

— Ça te convient ?

— Et comment ! C'est tout simplement fantastique !

Il aperçut le grand verre dans la main d'Oliver.

— J'ai tout d'un coup très soif. Vous pensez que je pourrais avoir un autre Coca ?

— Bien sûr. Va le demander au barman.

Oliver songeait qu'ils n'avaient plus rien d'autre à faire, désormais, qu'attendre, et que la journée ne pouvait plus leur réserver aucune surprise, mais il se trompait fort. Tandis que Jody allait chercher son soda, une voiture remonta la rue et s'arrêta devant l'hôtel. Les portières claquèrent ; on entendit des voix, des bruits de pas, et la porte en verre de l'hôtel s'ouvrit à la volée sur une petite dame aux cheveux gris, très chic, en tailleur blanc et rose et chaussures en peau de crocodile. Elle fut aussitôt suivie par un jeune homme, traînant des valises recouvertes d'un tissu écossais. Les deux mains occupées, il poussa du pied la porte battante. Il était grand, avait de longs cheveux blonds et des traits slaves, avec de hautes pommettes et une large bouche. Il était vêtu d'un pantalon en velours et d'un grand manteau, et Oliver le regarda porter les valises jusqu'à la réception et les poser à terre pour appuyer sur la sonnette.

A l'instant même où il allait sonner, Jody, qui revenait du bar, l'aperçut. Ce fut comme un arrêt sur image. Leurs yeux se rencontrèrent, et ils restèrent un long moment immobiles à se regarder. Puis le film se remit en marche. Le jeune homme cria « Jody ! » d'une voix forte et puissante, et, avant qu'un autre mot eût été proféré, Jody s'était catapulté à l'autre bout du hall et se jetait dans les bras de son frère.

Cette nuit-là, ils dormirent tous à Cairney. Le lendemain après-midi, Oliver laissa les deux frères ensemble et se rendit à Edimbourg pour aller chercher Diana à l'aéroport. Regardant à travers les vitres du salon d'arrivée les passagers descendre la passerelle, il la reconnut tout de suite. Grande et mince, elle portait un ample manteau en tweed agrémenté d'un petit col en vison. Comme elle traversait la piste, il décida d'aller à sa rencontre, remarquant ses sourcils froncés et son expression inquiète. Il l'accueillit devant la porte.

— Diana.

Ses cheveux blonds étaient relevés en un épais chignon et ses yeux étaient très bleus. Elle parut aussitôt soulagée de le voir, et son visage se détendit.

— Vous êtes Oliver Cairney, je suppose.

Ils se serrèrent la main, puis, sans savoir pourquoi, il l'embrassa.

— Et Caroline ? demanda-t-elle.

— Je l'ai vue ce matin. Elle va bien. Elle ne tardera pas à se remettre.

Il lui avait tout raconté, la veille au soir, au téléphone, mais à présent, comme ils franchissaient, roulant vers le nord, le pont de Forth Bridge, il lui parla d'Angus.

— Il est arrivé, comme il l'avait dit, hier soir.

Il revient des Highlands, où il a accompagné une Américaine, à qui il servait de chauffeur. Il entrait dans l'hôtel quand Jody l'a aperçu. Leurs retrouvailles ont été fortes en émotion.

— C'est merveilleux qu'ils aient pu se reconnaître. Ils ne s'étaient pas vus depuis des années.

— Jody aime énormément Angus.

— Je m'en rends compte maintenant, dit-elle d'une petite voix.

— Vous ne vous en étiez pas aperçue avant ? demanda-t-il en essayant de ne pas avoir l'air de lui faire des reproches.

— Le rôle de belle-mère est difficile... bien ingrat. Vous ne pouvez être une mère, et il vous faut essayer d'être plus qu'une amie. Et c'étaient des enfants si différents des autres. Ils s'étaient élevés pratiquement tout seuls, à la sauvageonne, courant nu-pieds, entièrement libres. Cette existence leur a réussi tant que leur père était vivant, mais après sa mort tout a changé.

— Je peux comprendre.

— Cela m'étonne. Je me suis retrouvée dans une position très délicate : sans vouloir réprimer leurs penchants naturels, j'avais le sentiment qu'il fallait que je leur donne des bases solides pour l'avenir. Caroline a toujours été très fragile. C'est pour cette raison que j'ai essayé de la dissuader de faire des études d'art dramatique et de chercher un travail dans le théâtre. J'avais peur qu'elle ne se décourage, qu'elle ne soit déçue et blessée. Puis, lorsque mes craintes se sont révélées justifiées, j'ai été ravie de voir qu'elle avait de l'affection pour Hugh, et j'ai pensé que, avec lui pour s'occuper d'elle, elle ne serait plus jamais blessée. J'ai peut-être été un peu manipulatrice, mais c'était avec la meilleure intention du monde.

— Avez-vous rapporté à Hugh ce que je vous ai dit hier soir au téléphone ?

— Oui. J'ai pris la voiture et je suis allée le voir à son appartement, n'ayant pas le cœur de le lui annoncer par téléphone.

— Comment a-t-il réagi ?

— On ne sait jamais trop ce que Hugh ressent. Mais c'est drôle, j'ai comme l'impression qu'il s'attendait à quelque chose de ce genre. Non pas qu'il ait jamais dit quoi que ce soit le laissant supposer. C'est un homme réservé, très policé. Le fait que Caroline soit à l'hôpital rend moins douloureux le report du mariage, et lorsque les fiançailles seront officiellement rompues, les gens auront eu le temps de se faire à son annulation.

— Je l'espère.

La voix de Diana changea.

— Après avoir vu Hugh, je suis allée trouver Caleb, cet âne bâté. Je l'aurais volontiers étranglé. C'est le dernier des irresponsables de prêter aux enfants une voiture pareille, je me demande comment elle a pu arriver à Bedford sans exploser. Et je ne lui pardonne pas de ne rien m'avoir dit.

— Il a agi, lui aussi, avec la meilleure intention du monde.

— Il aurait pu au moins faire réviser la voiture avant de la leur prêter.

— Manifestement, il aime beaucoup Jody et Caroline.

— Oui, il aimait beaucoup leur père aussi, et il a également une grande amitié pour Angus. Vous savez, je tenais à ce qu'Angus vienne vivre avec nous après la mort de son père, mais il n'a pas voulu de mon genre de vie, il n'a rien voulu de tout ce que je pouvais lui offrir. Il avait alors dix-neuf ans, et jamais l'idée ne me serait venue de l'empêcher de faire ce voyage insensé aux Indes. J'espérais seulement qu'il finirait par y renoncer de lui-même et qu'il retournerait à une existence normale. Mais ça n'a pas été le cas. Caroline a dû vous raconter cela.

— Il me l'a raconté lui-même. La nuit dernière. Nous avons bavardé jusqu'au petit matin. Je lui ai dit que Jody voulait qu'il retourne à Londres pour s'occuper de lui. Mais les projets d'Angus ne vont pas dans ce sens. Il a trouvé un emploi dans une compagnie de yachting en Méditerranée. Il retourne à Aphros.

— Est-ce que Jody est au courant ?

— Non, je ne le lui ai pas encore annoncé. Je voulais d'abord vous parler.

— Et de quoi ?

— Eh bien, voilà.

En quelques mots, Oliver lui expliqua ses intentions. Tout se mit en place, chaque élément s'imbriquant aussi parfaitement que si les choses avaient été réglées à l'avance.

— Je vais épouser Caroline. Dès qu'elle ira mieux. Je travaille à Londres et j'ai déjà un appartement où nous pouvons vivre tous les deux, ainsi qu'avec Jody, si vous et votre mari n'y voyez pas d'inconvénient. Il y a suffisamment de place pour nous trois.

Il fallut un certain temps à Diana pour digérer ses paroles.

— Alors, il ne viendrait pas avec nous ?

— Il est attaché à son école, à Londres, à sa sœur. Il n'a aucune envie d'aller au Canada.

286

Diana secoua la tête.

— J'aurais dû m'en douter.

— Peut-être ne voulait-il pas que vous le sachiez. Il ne voulait pas vous blesser.

— Il... il va me manquer terriblement.

— Mais le laisserez-vous rester ?

— Est-ce vraiment ce qu'il désire ?

— Je crois que c'est ce que nous désirons tous.

Elle rit.

— Hugh ne l'aurait pas voulu. Il n'était pas prêt à s'occuper de Jody.

— Je le suis. Si du moins vous acceptez de me le confier. Je n'avais qu'un frère, et sa mort me laisse un affreux sentiment de vide. Si je dois en avoir un autre, j'aimerais que ce soit Jody.

En arrivant à Cairney, ils trouvèrent Jody et Angus qui les attendaient, assis sur les marches du perron. La voiture n'était pas même arrêtée que Diana, abandonnant toute dignité, se précipitait pour serrer Jody dans ses bras. Puis elle leva la tête vers Angus, dont le visage exprimait une certaine circonspection, mais aucun ressentiment. Ils ne s'étaient jamais regardés ainsi, les yeux dans les yeux. Consciente qu'il avait mûri loin d'elle, Diana comprenait, avec un infini soulagement, que les projets d'Angus, quels qu'ils soient, ne la concernaient désormais plus.

Elle lui sourit, se raidissant légèrement avant de se laisser étreindre par le jeune homme.

— Oh, Angus ! Espèce de monstre ! Comme je suis heureuse de te revoir !

A présent, tout ce qui lui importait était de se rendre auprès de Caroline. Aussi Oliver, après avoir déchargé les bagages, tendit-il la clé de la voiture à Angus et lui demanda-t-il de conduire Diana à l'hôpital.

— Je veux y aller aussi, dit Jody.

— Non. Tu restes ici.

— Mais pourquoi ? Je veux voir Caroline.

— Plus tard.

Ils regardèrent la voiture s'éloigner.

— Pourquoi ne pas m'avoir laissé les accompagner ? insista Jody.

— Parce qu'ils sont ravis de se retrouver après aussi longtemps. Et puis, j'ai à te parler. J'ai plein de choses à te dire.

— Des choses agréables ?

— Il me semble.

Il posa la main sur la nuque de Jody et l'entraîna à l'intérieur de la maison.

— Je crois même que ce sont d'excellentes nouvelles.

Achevé d'imprimer sur les presses de

BUSSIÈRE

GROUPE CPI

à Saint-Amand-Montrond (Cher)
en mars 2006

N° d'édition : 7345. — N° d'impression : 060800/1.
Dépôt légal : mars 2006.

Imprimé en France